盗っ人問屋

盗っ人から盗む盗っ人 2

藤水名子

時代小説
二見時代小説文庫

目次

盗っ人問屋——盗っ人から盗む盗っ人2

序

※

「言え」

そのとき東次郎《とうじろう》は短く命じたが、

「…………」

九右衛門《きゆうえもん》の口から次の言葉が漏らされるのを待たずに忠蔵《ちゆうぞう》が老人の口を塞ぎ、手刀で後頭部を殴打して昏倒させた。

「おい」

東次郎は束の間意外そうに忠蔵を顧みたが、その意図は瞬時に知れた。兎《と》に角《かく》いやな予感がしたのだ。

それ故無言で九右衛門を眠らせた後、東次郎と忠蔵は一旦屋根裏に身を潜め、しかる後外へ——屋根の上へと逃れ出た。

九右衛門を眠らせる直前に聞こえた複数の足音は、決して気のせいではなかった。実際には耳で聞いたわけではなく、空気を揺るがす気配を察したのだが。

「急げ、忠さん」

「いや、待て」

忠蔵が東次郎の袂《たもと》を摑んですかさず引き戻し、

「動かないほうがいい」

耳許《みみもと》に低く囁いた。

二人が屋根の上から移動しようとしたまさにそのとき、まさしく複数の足音が迫らんとする。

但し、駆けつけてきたのは店の中からではなく、店の外——三間先の通りの向こうからであった。

ざざざざざッ……

乾いた足音で街路の土を蹴立てながら駆けつけてきたのはざっと七、八人といったところ。遠目にも一目瞭然、御用提灯《ごようちょうちん》を手にしている。

「捕り方ですね」

屋根の上に伏したまま、器用に覗き込みながら忠蔵が囁き、

「捕り方だね」

東次郎も即座に肯いた。

「私たちを捕らえに来たのかな？」

口には出さぬが、言うまでもないことを聞くなと言わんばかりの顔つきで忠蔵が東次郎を見返すと、暢気な口ぶりとは裏腹に鋭い視線を投げている。

すぐには動かず、ともに、屋根瓦に貼り付いたままで気配を消した。

「賊は何処《どこ》だ！」

「まだそこいらにいる筈だ。捜せッ！」

おそらく町方の同心と思われる黒羽織に着流しの武士が三人、あとの五人は同心たちの手先――目明しとか下っ引と呼ばれる者たちだろう。

深夜、番所から駆けつけてきたにしては、なかなかの人数だ。

「畜生、何処行きやがった」

「黙って、捜せ！」

「天水桶の陰なんかに隠れてやがるかもしれねえッ」

数々の怒声が、雷鳴の如く闇を裂いた。

闇に体の慣れた者は、微細な囁き声にも過敏に反応する。ましてや怒鳴り声なら、雷鳴の轟きの如く響いたとしても不思議はないだろう。

(厄介な奴らだな)

東次郎と忠蔵はともに同じことを思った。

気配を消し、屋根瓦の一部と化すくらいは朝飯前の二人だが、賊がいるとの前提のもとに駆けつけているためか、捕り方たちの捜索は執拗であった。定廻りの同心が巡回しているのであれば、通り一遍の捜索ですまして立ち去るべきところ、お店の勝手口に置かれた芥箱《ごみばこ》の中まで一つ一つ確認している。

(当分動けないな)

東次郎と忠蔵はともに思った。

こういうときは、迂闊に動かず、じっと息を潜めているに限る。如何に執拗に捜索しようとも、人の気配が全くしなければ、何れ《いず》は諦めてひきあげる。

ところは日本橋箔屋町《にほんばしはくやちょう》。

《多嶋屋《たじまや》》以外にも、この近辺には富裕な商家が多い。

もし仮に、いままさに商家へ押し入らんとする盗賊一味があったとすれば、町方が迫っていることを察し、忽《たちま》ち退散するだろう。それ故、唐突な捕り方の出現は、未遂の強盗を四散させるくらいの役にはたったかもしれない。

「何処にもいません、旦那ッ」

「畜生、盗賊どもめ」

「逃げやがッたか」

「いや、まだ、わからねえ」

「そうだ、もっとよく捜せ」

(しつこいな)

思わず欠伸《あくび》が出かかり、東次郎は必死で堪える。堪えつつ、

(そうは言っても、もし本当に大人数の盗賊一味と出会《でくわ》したら、どうするつもりだよ？　相手が押し込み専門の荒っぽい連中だったりしたら、その人数じゃ、あっさり返り討ちにされるよ)

思うともなく、東次郎は思った。

通常の巡回にしてはやや多いが、本格的な賊の捕縛にしてはやや少ない。どうにも中途半端な人数である。

(或いは、腕の立つ精鋭揃いとか？)

とも思うが、そもそも捕り方の心配などしてやるのが御門違《おかど》いだということに東次郎は気づいていない。

「くそぉ、逃げやがったか」

「もう少し先まで行ってみましょうか」

「そうだな」

「畜生ッ、賊の野郎ッ」

捕り方たちは、結局盗賊らしき者の姿を何処にも見出せぬまま、口々に罵《のの》り続け、やがて虚しく立ち去った。

それをじっくり見送ってから、東次郎と忠蔵は漸《よう》く《多嶋屋》の屋根上から地面に降りる。

「畜生、不浄役人どもがッ」

「当てずっぽうの探索につきあわされて、こっちがいい迷惑だよ」

こちらも口々に罵りながら捕り方の去った方角を睨む。

そこから素早く闇に溶け込むのは、二人にとってさほど難しいことではなかった。

「女狐《めぎつね》め、よくも町方なんぞ呼びやがったな」

忠蔵は甚《はなは》だ憤慨した。

互いの表情が殆《ほと》ど見えぬ闇の中であっても、その怒りのほどはよくわかる。わかっていながら、

「お富由《ふゆ》が町方を呼んだってのかい?」

東次郎は白々しく問い返した。

富由とは《多嶋屋》主人・九右衛門の後添いだが、東次郎とは不思議な縁で知り合い、一応協力関係にある。

「当たり前でしょう。他に誰がいるっていうんです」

「そうかなぁ」

「まったく、食えない女ですよ」

「食えない女であることは間違いないけどさ」

東次郎は思わず苦笑を堪える。

帰る道々、忠蔵の怒りを一方的に受け止めつつ、どうやら全く別の思案をしているらしい。

「けど、なんです?」

堪りかねて忠蔵が問うと、

「私は違うと思うな」

東次郎はあっさり否定した。

「なにが違うってんです？　今夜私たちが《多嶋屋》に忍び込むことを知ってたのはあの女だけですよ」

「それはそうなんだけど……」

「あの女に決まってます」

「けどね、考えてもごらんよ、忠さん、《多嶋屋》の旧悪を暴きたいと思ってるお富由が、私たちを安易に町方に売ると思うかい？」

「そ、それは……」

東次郎に問い返されると、忠蔵は容易《たやす》く口ごもる。

「じゃあ、一体誰が呼んだんですよ？」

「さあね。別に、誰が呼んだわけでもなく、勝手に来たんじゃないの？」

「この時刻に、町方が勝手に来ますかね」

「来るさ。それが奴らの仕事だろう」

「来ませんよ、こんな時刻に。……密告でもあったなら別ですけどね」

忠蔵はどこまでも自説を曲げない。

「なら、あったのかもね」

するると、東次郎のほうがあっさり自説を曲げた。

「二人で《多嶋屋》に忍び入るところを誰かに見られた、とか？」

「まさか。旦那様と私が、そんなヘマをしでかすわけがないでしょう」

「わからんよ。世の中にはいろんな奴がいるからね」

「どういう意味です？」

「天狗みたいな千里眼の奴がいて、何処かで私たちのことを監視しているのかもしれないよ」

「旦那様！」

忠蔵はたまらず声を荒げた。

「ふざけてる場合じゃありませんよ」

「別にふざけちゃいないよ」

「ふざけてるんですよ、旦那様は」

「決めつけないでくれよ」

「だって、そうでしょう。さっきだって、九右衛門の野郎が、折角黒幕の名を吐くってときになって眠らせちまって――」

「正気か、忠さん？」

さすがに眉を顰《ひそ》めつつ問い返した。

「九右衛門を眠らせたのは忠さんだろう」

「どうだっていいんですよ、そんなことは」

語気を強くして、事実を真逆に書き換えようとするのは忠蔵の悪い癖だ。東次郎にはそれが気に食わない。

「どうだってよかないよ」

それ故、真顔になって主張した。

「自分のやったことを人のせいにするなんて、よくない了見だよ。忠さんらしくもない」

「…………」

忠蔵は気まずげに口を閉ざす。

憤慨のあまり、つい動顛したのだ。断じて人のせいにしようとしたわけではない。指摘されれば認めるしかないが、東次郎に指摘されること自体、忠蔵にとっては屈辱であった。

それ故一旦口を閉ざすと再び開かせるには些《いささ》か手間がかかる。

（こういうときは、ときが過ぎるのを待つしかないんだ。……見かけによらず、面倒くさい奴なんだよな）

東次郎は心中密かに長嘆息する。

ともに、しばし無言で足を進めた後、

「それだけ悔しがってるってことは、忠さんは、聞きたかったの？」

思いきって、東次郎は問うた。

「え？」

「九右衛門がなにを言うか、聞きたかったのかって聞いてんだよ」

「そりゃあ、聞きたいに決まってるでしょう」

当然、勢い込んで忠蔵は答える。

「だったら、聞いてから眠らせればよかったじゃないか」

「旦那様だってわかってるでしょう。捕り方が迫ってたんですよ。一瞬の後れが命取りになるんです」

「大袈裟だよ。黒幕の名前を聞くくらいのあいだは待てたんじゃないのかい」

「近くまで捕り方が来てると知れたら、九右衛門の野郎が騒ぐかもしれないでしょう。眠らせるしかなかったんですよ」

(自分でやったと認めたな)

開き直る忠蔵の顔を、内心呆れつつ東次郎は見返した。

己の失策を咄嗟にひとの所為《せい》にしようとした愚行をもっと責め立ててやりたかったが、グッと呑み込む。

呑み込むとともに、

「確か、勘定奉行がどうとか言ってたね」

さあらぬていで、話題を変えた。

「え?」

「九右衛門が言いかけたことだよ」

「あ、ええ、そりゃあ、まあ——」

少しく狼狽《うろた》えながらも忠蔵は肯く。

「まさか本気にしてるの?」

「え?」

「ったく、なにが、ときの勘定奉行だよ、ふざけやがって」

東次郎がさも忌々《いまいま》しげに舌打ちすると、

「ですが、その可能性はなきにしも非ずでしょう」

忠蔵は真顔でそれに応じた。

「正気かい、忠さん？」

間髪《かんはつ》入れずに東次郎は問い返す。

「与太話を真に受けるなんて、忠さんらしくないね」

「旦那様こそ、なんでそう決めつけるんです」

「だって、そうだろう。なにが、ときの勘定奉行だよ。寝言も大概にしてくれってんだ」

「………」

意外すぎる東次郎の剣幕に驚き、忠蔵は再び口を噤《つぐ》む。

「冗談じゃないよ。なにが黒幕だい。己の罪を言い逃れようとして、口から出任せをほざいただけじゃないか。足を洗ったとはいえ、人別帳に名が載ってるほどの盗賊の頭《かしら》ともあろう者が、みっともねえったらありゃしない」

「そうとも言い切れないでしょう」

忠蔵はたまらず言い返すが、

「忠さんは信じるっていうのかい？」

東次郎は執拗に問うてくる。

「信じるとか信じないとか以前に、話を聞かなきゃはじまらない、ってことですよ」

「聞いたって仕方ないだろう」

「いいえ、聞くべきなんですよ。実際、その可能性は大いにあるんですから」

「どの可能性だい？」

「ときの勘定奉行が盗賊を使って《井筒屋《いづつや》》を襲わせた、って可能性ですよ」

「馬鹿言いなさんな」

東次郎は鼻先で嘲笑《あざわら》った。

「なにが可能性だよ。寝言も大概にしてくれよ。勘定奉行ともあろうお方が、なんでわざわざ盗賊の一味になんか命じて一介の商家を襲わせる必要があるんだよ？」

「一介の商家と言いますが、《井筒屋》は廻船問屋です」

「だから、なんだい？」

「廻船問屋というのは、その商売柄、さまざまな特権が与えられてます。それらの特権を悪用すれば、いくらでも儲けられる商売なんですよ。例えば抜け荷とかね」

「なにが言いたいの？」

「勿論、《井筒屋》のご主人……旦那様のお父上はそんなお人じゃなかったが、だからこそ、目障《めざわ》りだと思われたのかも知れません」

「目障り?」

熱を帯びた忠蔵の言葉につい引き込まれ、東次郎は無意識に問い返す。

「貪欲に利を貪《むさぼ》る悪徳商人なら、それこそ、抜け荷でもなんでもやって金を儲けます。その金を、幕閣のお偉方にでもばらまけば、更に多くの利権が得られる。お偉方は、労せずして大金をせしめることができる。自力では金を稼ぐことのできない武家にとっては、てめえのもとに無条件で金を運んできてくれる商人だけが、いい商人なんです」

「…………」

「だから、ちっとも賄賂を持ってこないくそ真面目な商人を排除して、多額の賄賂を約束してくれる悪徳商人にその特権を与えようという勘定奉行がいても、不思議はありません」

「…………」

東次郎は答えず、無言で歩いた。

なにか考えているように見えて、実はなにも考えていないのか。それとも、ろくでもない思案の真っ最中か。そんなことを忖度しながら、忠蔵も無言で主人に随《したが》った。

「そ、そんなの……」

しばし無言で闇中に歩を進めてから、東次郎が不意に搾り出すような声をあげた。

「そんなの、年寄りの与太話に決まってるじゃないか。まともに受け取ってどうすんだい。馬鹿馬鹿しい」

「待て、一坊《いちぼう》……いや、旦那様――」

うっかり幼い頃の呼び名を口走りかけて、忠蔵は慌てて言い直す。

「もういいよ、忠さん」

「よくありませんよ」

強い語調で忠蔵は言うが、

「いいんだよ。九右衛門……じゃなくて、《曳舟《ひきふね》》の仙三《せんぞう》には、何れ、それなりの報復をする。《唐狐《からぎつね》》の仕事とは別にね。それでいいんだろ？」

東次郎は言い捨て、金輪際《こんりんざい》足を止めようとはしなかった。

「………」

忠蔵は懸命に追いつき、東次郎の横顔に見入ったが、それ以上言葉をかけることは控えた。

すべての感情が消え失せた東次郎の無表情に向かって、それ以上なにを言っても無駄であるということを知り尽くしていたためだ。

※　※

「年寄りの与太話など信じてどうする」

　忠蔵に言い放った言葉とは裏腹、《多嶋屋》九右衛門の寝所に忍び入った夜のことは、その後しばらく東次郎の頭を悩ませ続けた。

　かつて東次郎の父のお店を襲い、両親を殺した敵《かたき》は《多嶋屋》九右衛門だった。九右衛門自らがそれを認めた。それで充分だった。それだけでよかったのだ。だが。

「本当の敵の名を教える」

　そのとき、《多嶋屋》九右衛門は、年齢相応の老人の顔で懸命に訴えていた。

「だから、頼む……」

　大店《おおだな》の主人の威厳も、かつて《曳舟》の仙三と二つ名で呼ばれた盗賊の頭であったという矜持も忘れ果てた様子で懸命に訴え、心底懇願してきた。命を惜しむが故に相違なかった。

「命だけは、助けてくれ」

　両目にいっぱいの涙を滲ませたその必死な表情に、嘘はなさそうに見えた。

「《井筒屋》を襲ったのは、あるお方に命じられたからだ。《井筒屋》の主人とその一家を皆殺しにして財を奪えと命じられたんだ」

とも言い、九右衛門は更になにか言いかけた。

「黒幕は、当時の勘定奉行……」

だが、九右衛門が言いかけたまさにそのとき、捕り方と思しき複数の足音を察した忠蔵が九右衛門の後頭部へ一撃をくれて昏倒させた。

あとは、速やかにその場を立ち去るしかない。

仮に、己の命に執着する老人の妄言だとしても、最後まで聞いてみたい欲求はあった。だが、そのとき東次郎は忠蔵の潔さに感謝した。

知りたい欲求のその反面、老人の妄言に惑わされたくないという思いも強かったのだ。

かといって、全く気にならなかったかといえば、嘘になる。本当は、狂おしいほど気になっていた。

(仮に妄言だとしても、一体なにを言うつもりだったのか)

そんな東次郎の心中は、すっかりお見通しなのだろう。

「妙な意地張ってないで、もう一度忍び込めばいいじゃないですか」

忠蔵は再三勧めるが、

「馬鹿言いなさんな。そんなに何度も忍び込めるかい」

東次郎は頑《かたく》なに言い張った。

「それに、聞く必要なんてないね。なにが、当時の勘定奉行が黒幕だよ。どうせ、くだらない与太話で煙に巻くつもりだったんだよ。食えない年寄りだ」

むきになればなるほど、その本心を忠蔵に気取られることになるとも知らずに。

「だから、くだらない与太話かどうかは、聞いてから判断すりゃいい話でしょうよ。それに、黒幕の件だけじゃなく、『藤桜《ふじざくら》』以外の他の『十二宝簪《じゅうにほうしん》』の行方《ゆくえ》とか、訊きたいことはいくらでもあるでしょう」

「…………」

東次郎は思わず無言で忠蔵の顔を見返す。

『十二宝簪』という言葉には、つい反応してしまうのだ。

「旦那様なら、寧《むし》ろそっちのほうがお知りになりたいんじゃないんですか？『十二宝簪』はお母上の形見なんだから」

「そんなの、どうせ手下にでも分け与えたに決まってるよ。……それに、仮に忍び込むとして、お富由はどうするんだよ。私たちが忍び込むとき、いつもいつも別間に寝てたら、示し合わせてるんじゃないかって、疑われるだろ」

「別間に寝かせる必要はありませんよ。それこそ、入ってすぐ、眠らせればいいでしょう。そのほうが自然だし、疑われることもない」

「…………」

東次郎の沈黙を、気持ちが動いている証拠と受け取り、

「それに、あの晩も言いましたが、勘定奉行が黒幕ってのも、強《あなが》ち、あり得ねえ話じゃありませんよ。黒幕の後押しがあったからこそ、いつもなら殺しはやらねえ筈の《曳舟》一味が、あんな非道な真似をしやがったのかもしれねえ」

忠蔵は一気に畳み掛ける。

「兎に角相手は言いたいんだから、聞いてやろうじゃないですか」

(聞いちまったら、もっと気になって仕方なくなるじゃないか)

だが、東次郎は心中激しく頭《かぶり》を振り、否定した。

聞かなくてよかったのだと思う反面、実は聞きたくて聞きたくて仕方ない自分がいるのだ。そんなところへ忠蔵の提案はあまりにも魅力的過ぎた。

(畜生。聞いても聞かなくても、これじゃあ同じだよ)

「旦那様にその気がないなら、私が聞いてきましょうか?」

「え？」

唐突な忠蔵の申し出に、当然東次郎は戸惑った。

「忠さんが一人で行くってのかい？」

「だって、旦那様にその気はないんでしょう？」

「あ、ああ…ないよ」

「だったら、一人で行くしかないでしょう」

「だからって、なにも一人で行くことはないだろ」

「言っときますけど、旦那様が反対しても、私は行きますよ」

「ちょっと待ちなよ、忠さん」

一方的な忠蔵の言葉に、東次郎は慌てた。

「そんな無茶な真似をして、忠さんになにかあったら困るじゃないか」

「別に、なにもありませんよ」

「この前みたいに、捕り方が駆けつけてきたらどうするんだい？」

「あの女に、私たちを売る気はないんでしょう？」

「そんなの、わかるもんか。女なんてすぐに気が変わるんだからね」

「旦那様……」

「兎に角、一人で行くなんて絶対駄目だよ。許さないからね」

「無茶苦茶だな」

忠蔵はさすがに呆れた。

三十年以上のときをともに過ごし、文字どおり家族といっていい間柄でありながら、未だにどうにもできない扱いづらさがある。

(面倒くせえんだよ、そういうとこ)

内心舌打ちしつつ忠蔵は思い、だが思うだけで我慢するしかなかった。

もしこれ以上執拗になにか言えば、東次郎は本気で機嫌を悪くし、口をきかなくなることがわかっていたためだ。

第一章　義賊《すめらぎ小僧》

一

「これは《高麗屋《こうらいや》》さん、よくいらしてくださいました」

満面の笑みで出迎えるなり、いまにも東次郎の手をとらんとする歓迎ぶりには、さすがに内心戸惑った。

（来るつもりはなかったんだけど……）

戸惑いつつも、

「いえいえ、私のような者は場違いかと思いましたが、折角のお招きなので、図々しく罷り越しました。本日は、お招きありがとうございます、《出羽屋《でわや》》さん」

内心の気後れなどおくびにも見せず、東次郎もまた満面の笑みで応じると、恭《うやうや》しく頭を下げた。

いつものような宗匠姿でも、派手な着流しの遊び人姿でもなく、きっちりと黒紋付きを着込んでいる。

そうしていれば、一人前のお店の主人に見えぬこともないが、対している相手は恰幅もよく如何にも人格者然とした大店《おおだな》主人の《出羽屋》庄右衛門《しょうえもん》だ。年の頃は、東次郎よりやや上で、四十半ばから五十といったところ。

もとより、風格の点では比べるまでもない。

（すごい貫禄だな。忠臣蔵《ちゅうしんぐら》なら、さしずめ天河屋義平《あまがわやぎへい》ってとこか）

内心大いに感心するが、東次郎にとっては最も苦手《にがて》な人種である。

（紋付きを着た忠さんなら、こういう場でも見劣りしなかっただろうけど……）

体調不良を理由に、代わりに行ってくれないか、と頼んだら、

「とんでもない！　旦那衆の集まりに番頭がのこのこ顔を出すなんざ、言語道断ですよ。折角お招きくださった《出羽屋》さんにも失礼だ」

忠蔵に一蹴された。

（そもそも、私ごときがどうして招待されたんだ？）

それが最大の謎である。

するると、東次郎のそんな不安を感じ取ったが如く、

「近頃は何処《どこ》へ行っても《高麗屋》さんの錺簪《かざりかんざし》の話題で持ちきりです。なんでも、新作が発売される日には若い娘たちが殺到するとか。……このご時世に、羨ましい限りですよ」

満面の笑顔を保ちつつ、庄右衛門は言う。

「《出羽屋》さんほどの大店のご主人が、なにを仰有《おつしや》いますやら。うちなど、所詮女子供相手の小商《こあきな》いでございます」

飽くまで謙虚に東次郎は応じた。

《出羽屋》は、ご府内に何軒もの出店を持ち、大名屋敷への出入りも多い。絹物を中心に高級品を扱う呉服商であるため、奢侈《しやし》禁止のご時世では相当煽《あお》りを食らっている筈なのに、少しも身代が揺らいだ様子がみられないのは、基盤となる財力が桁違いに強大であるためだろう。

おそらく今日招かれているのは《出羽屋》と同等の大店の主人ばかりだ。

（場違いだから、いやだって言ったのに、忠さんのやつが無理矢理……）

「本来ならば、ご辞退いたすべきところ……」

「まあまあ、そう仰有らず、ごゆるりとお過ごしくださいまし」

笑顔を僅かも崩さずに庄右衛門は言い、傍《かたわ》らにいた女中に目顔で命じた。

女中は無言で東次郎を促し、座敷へと案内する。

（やっぱり、一番広い座敷か。……それこそ、このご時世に、豪勢なもんだ）

心中密かに嘆息しつつ、東次郎は案内されるまま席に着いた。

ざっと三十ほど設けられた席の殆《ほとん》どが既に埋まっている。言わずもがな、客は全員黒紋付き姿の旦那衆だ。

既に問屋仲間が解散させられて久しいとはいえ、同業者との繋がりは商売上も意味がある。それ故、《出羽屋》のような大店の主人から声がかかれば、易々と人は集まる。

（どう見ても、私は場違いなんだがな）

不審がりつつ隅のほうの座に着くと、すぐに膳が運ばれてきた。

（うわ、料理もすごいな。伊勢海老《いせえび》のお造りもついてる……）

我ながら意地汚いと自覚しつつも、膳の上の贅沢な料理に、思わず目を奪われる。

（海老は、生より蒸したほうが好きなんだが……ここは江戸で一、二を争う料亭だ。きっと新鮮なんだろうな）

全く気乗りせぬところ、忠蔵に背中をおされて仕方なくこの場に来たことも忘れ、

東次郎は嬉々として箸を手にとろうとし、

「どうぞ」

膳を運んできた若い女中から、徳利の酒を差しかけられ、慌てて猪口《ちょこ》に持ち替えた。

「ああ、ありがとう」

さあらぬていで酒を注いでもらってから、さり気なくまわりへ視線を向ける。

食事に箸を付ける前に、先ず一献頂戴いたします、というのが、こういう場での礼儀である。やや遅れてきた東次郎とは関係なく既に宴会ははじまっていて、客たちは盃を交わしながらてんでに歓談していた。

忙しなく箸を動かしている者など、殆どいない。

「頂戴いたします」

上座に向かって恭しく一礼してから、東次郎は猪口の酒を飲み干した。

上座に座っている七十がらみの老爺《ろうや》が今日の主賓なのだが、もとより東次郎に見覚えはない。招待主である《出羽屋》の先代で、庄右衛門の父親だろう。今日の集まりは、彼の古稀《こき》を祝うという名目だった。先代として長年主人を務めていたのだから、当然問屋仲間とのつきあいもあるだろう。言うなれば、ここは旧友たちの集いだ。東次郎にとって、居心地のよかろう筈もない。

（食べたらさっさと失礼しよう）

当然ながら話し相手もいないために酒が進むこともなく、東次郎が黙々と箸を動かし続けていると、

「おや、これは珍しい」

不意に、傍らから声を掛けられた。

「てっきり、こういう席はお嫌いなんだと思ってましたが、思い違いでしたかね、《高麗屋》さん。それとも、《出羽屋》さんの威勢には、さしもの風流人も膝を屈するというわけですか」

皮肉な物言いに苦笑を堪えながら、東次郎は徐《おもむろ》に顧みる。

「《唐津屋《からつや》》さん」

咄嗟に眉を顰《ひそ》めぬよう細心の注意をはらいながら、東次郎はその中年男を見返した。

こういうとき、顔と名だけは広く知られているというのも考えものだ。全く見知らぬ者から心ない言葉をかけられても耐えねばならないと覚悟したが、その痩せぎすの鋭利な顔つきの男には多少の見覚えがあった。

「とはいえ、手前のような半端者にもお声がかかるんですから、いまをときめく《高麗屋》さんが招かれるのは当然ですね」

《唐津屋》源兵衛《げんべえ》は、卑屈に片頰を歪めて笑った。

外見どおり、抜け目のなさそうな笑顔である。同業者のつき合いには無関心な東次郎でも、《唐津屋》の名と主人・源兵衛の顔くらいは知っていた。

太物《ふともの》の商いでそこそこ儲け、一時は、何軒も出店を出すほどの勢いだったが、暖簾《のれん》分けした番頭が博奕《ばくち》に狂って身代を潰したのが切っ掛けで悪い評判がたち、いまでは本店の商いも思わしくなくなった、と聞いている。風聞《ふうぶん》が事実であれば、源兵衛がどことなく荒《すさ》んだ雰囲気を漂わせているのも肯ける。

「そういう《唐津屋》さんこそ、群れるのはあまりお好きじゃなかったのでは？」

相手の表情を注意深く観察しながら東次郎は問う。面識があるとはいえ、ほんの数えるほどだし、言葉を交わしたといっても挨拶程度のものである。少なくとも、宴席で狎《な》れ口をきく間柄ではない。

でありながら、東次郎に対する源兵衛の表情と口調には、一縷《いちる》の親しみが滲んでいた。当然、故東次郎は戸惑った。

「はは……うちが左前なのはご存知でしょう。意地汚く、タダ飯にありつきに来たんですよ」

「はは……私もご同様ですよ。八百善《やおぜん》の会席なんて、到底自前では口にできませんからね」

その親しみと狎れ口につられて、東次郎も無意識に表情が弛む。

「そうは言っても、《高麗屋》さんはちゃんとご祝儀を包んでいらしたでしょう」

「え？」

「手前なんか、こう見えて手ぶらですよ」

（まさか）

東次郎は一瞬間言葉を失う。

「ご祝儀を包む余裕すらないんですよ。正真正銘のたかり飯です。我ながら、情けない限りです」

「…………」

卑屈な笑いで満面を染める源兵衛の自虐的な言葉に、東次郎はさすがに困惑した。

（なんなんだ、この男——）

「この紋付きも、慌てて質から出してきたんですよ」

「そ、そこまで窮乏しておられるようには思われませぬが……」

（まさか、金でも無心してくるつもりじゃないだろうな）

警戒した東次郎が気まずげに口籠もると、

「はははは……冗談でございますよ」

源兵衛は忽《たちま》ち破顔した。

笑っていながら、その目は少しも笑っていない。

（気味の悪い男だ）

と東次郎は感じた。

家業が傾いたことは事実としても、《出羽屋》ほどの大店が主催する宴に招かれるのだから、まだまだなにかがあるのだろう。

東次郎のことは、或いは面白半分で招いたのかもしれない。だが、落魄した《唐津屋》を面白半分で招くほど、《出羽屋》庄右衛門という男は物好きでも性悪でもない筈だ。

（だとしたら、《唐津屋》が左前だというのはただの噂に過ぎず、まだまだ、《出羽屋》が招くに値するなにかがあるということだ）

東次郎が漠然と思ったとき、

「悪ふざけはほどほどにしてくださいよ、兄さん。《高麗屋》さんが困ってるじゃありませんか」

すべての客と盃を交わし終えた《出羽屋》庄右衛門が、いつの間にか二人の背後に立っている。

（兄さん？）

　東次郎が戸惑う暇もなく、

「すみませんね、《高麗屋》さん、兄の不作法をお許しください」

　満面の笑みで謝罪する庄右衛門に、

「え？」

　東次郎は更に戸惑う。

「ほら、《高麗屋》さんが面食らってるだろ」

「はいはい、俺が悪かったよ、庄右衛門」

　源兵衛は適当に受け流す。

「でも俺は、お前さんが来るまでのあいだ、つないでやってたつもりなんだがな。そうじゃないと、《高麗屋》さん、退屈してさっさと帰っちまったかもしれないぜ」

「ははは……そりゃあ、ご苦労だったね」

　庄右衛門は遂に声をたてて笑い、

「そうそう、《唐津屋》さんと私は、実は母違いの兄弟なんですよ。世間にはあまり知られてませんがね」

かなり重要と思われる家族の秘事をあっさり明かした。

「そ、そうですか」

困惑のあまり眩暈《めまい》を堪えつつ、それでも平静を装って東次郎は応じた。

他人の家庭内のことに興味はない。興味はさほどないにせよ、

(母親が違うとはいえ、全く似ていない兄弟だな)

ということが、東次郎には矢張り気になった。

「実は、《高麗屋》さんに折り入ってお話がありましてね」

異母兄の《唐津屋》が去るのを待って自ら東次郎に酒を勧めつつ、庄右衛門はゆっくりと口火を切った。

無言で猪口に注がれつつ、

(一体何の話だよ)

東次郎の心中は沈鬱そのものであった。

何の話をされるのかまるで見当もつかないし、今宵己が招かれた理由が、その見当もつかぬ「話」なのだとしたら、うっかり応じてしまったことを百万遍後悔しても足りないだろう。

なんであれ、どうせろくな話ではないのだ、と東次郎は直感した。

「単刀直入に言いますが、御府内にもう一軒、店を出しませんか？」

「え？」

「惜しい、と思いませんか？　聞けば、毎月新作の銹簪めあてに大木戸の外からまで娘が集まってくるというじゃありませんか」

「それは……」

「なのに、その日に売られる簪の数は僅か二十本足らずというじゃありませんか」

「意匠から細工まで、一人の職人がやっておりますので、その数が精一杯でして……」

「何故一人の職人にやらせておられる？」

「何故と言われましても……」

東次郎を商談相手とみなしてグイグイ詰めてくる庄右衛門に、東次郎は閉口する。

その手の話が苦手だからこそ、敢えて「風流人」とか「名のみの主人」とか呼ばれ、誹《そし》られることを望んできた。

そんな自分が、まさか大店の主人からまともな商談を持ちかけられるなど、夢にも思わぬことだった。

「その者は、たんに細工の腕が優れているだけでなく、自ら意匠を凝らすことができるのです。その者の考える簪は、その者以外作ることはできませぬ」

「確かに、自ら意匠を工夫できる職人は貴重です。その上細工も見事であるとなれば、大変な才能だ。《高麗屋》さんが珍重されるのも当然でございましょう」

庄右衛門は東次郎の言葉に深く肯いた。

注意深く言葉を選んでいることは明らかだった。あからさまな言葉を用いて東次郎の反感を買わぬように気をつけているのだろう。

だが、その如才なさに東次郎は当惑した。

「ならば、自ら意匠することはできぬが、普通以上の腕を持つ職人を何人か雇い、意匠できる職人の下で働かせればよいではありませぬか」

東次郎の沈黙を好感触と受け取ったのか、ここぞとばかりに、庄右衛門は力説する。

「一人雇えばいまの倍の数、二人雇えば三倍の数を量産できますぞ」

「職人を二人も雇うような余裕はございませぬ」

東次郎は笑顔で首を振る。

「されば、僭越ながら、手前がご助力いたしましょう」

「え？」

「もしもう一軒店を出す気がおありなら、憚《はばか》りながらこの《出羽屋》がお手伝いさせていただきましょう」

「それは、どういう……」

「出店の場所から奉公人にいたるまで、手前がお力添えするということでございますよ。《高麗屋》さんからは、錺職人をお貸しいただければ、簪を量産できるよう、すべてこちらで案配させていただきましょう」

「それは……」

東次郎は絶句した。

(それはつまり、《出羽屋》の財力で店を出させる代わりに、隆《たか》の技量を吸い上げるということか?)

《高麗屋》の看板はそのままに、実際の経営は《出羽屋》が取り仕切るということにほかならない。

若い娘たちのあいだで絶大な人気を誇る《高麗屋》の錺簪は、隆という不世出の職人の手によるものだ。《高麗屋》の商売そのものが、先ず隆の腕ありき、なのである。

庄右衛門は、それらのことを仔細に調べあげている。

「如何でございます?」

重ねて庄右衛門から問われ、東次郎は一層当惑した。

(まさか、そんな狙いで招かれていたとは……)

なにも知らずにのこのこやって来た己の愚かさを、心の底から悔いるとともに、嫌がる東次郎に半ば出席を強要した忠蔵を呪った。

(《出羽屋》の力で出店しても、こっちはそれを切り盛りできない。すべて《出羽屋》側の使用人に任せきりになる。……当然、《出羽屋》に融通してもらった金は返せず、新しい店が《出羽屋》のものになるのは言うに及ばず、何《いず》れ本店までが《出羽屋》に乗っ取られることになるかもしれない)

東次郎は瞬時に悟ったが、こみあげる感情を、グッと喉元で呑み込んだ。はらわたは煮えくり返るが、ここで事を荒立てたくはない。

「折角のご厚意ですが、出店させていただいても、さほど利を得られなかった場合はなんといたします？」

「新しい店については、こちらも全面的に協力させていただきます。ご心配には及びませぬ」

「………」

「如何でございます？」

「そ、それは……」

再度答えを求められ、東次郎は口籠もった。

将来お前の店を乗っ取りたいが、どうだと問われて、はい、仰せのままにと即答する者はいるだろうか。いるわけがない。

「大変有り難いお話ですが……」

東次郎が言いかけたその刹那、不意に闇が訪れた。

「え？」

室内の灯火がすべて、一斉に消えたのだ。いや、実際には多少時間差があったかもしれないが、急に暗闇に包まれたのは事実である。

「わぁッ」

「な、なんだ！」

「誰が明かりを消した！」

「誰も消すわけないだろッ」

「真っ暗だ」

「あッ！」

「誰だ！」

「誰か触ったぞ」

周囲は忽ちにして騒然となった。

当然だ。すべての灯火が消えて闇が訪れると同時に、どうやら座敷の中に招かれざる侵入者があったらしい。

（賊が座敷の中に？）

東次郎は瞬時にその気配を察し、闇に目を凝らした。もとより夜目《よめ》のきく東次郎にはすべて見えている。

狼狽《うろた》え、慌てふためく男たちの気配の中、足音もたてずに素早く動いていたのは黒装束の者だった。

（盗賊？）

東次郎はしばし息を殺してその者を観察した。部屋隅に身を置き、その侵入者の視界から身を隠すようにしながら。

「だ、誰か、明かりを！」

「明かりを持って来いッ！」

暗闇の中で誰かが命じ、誰かがすぐに走り出そうとして、だが、すぐに、
ガダッ、

と派手に躓《つまず》いた。黒装束の賊が邪魔をしたからにほかならない。

「だ、誰だ、いま俺の面《つら》、触りやがったのは！」

「誰がてめえの小汚ねえ面なんぞ、触るか」

「なんだとお！」

「わぁ！　こっちは尻を触られた！」

「誰が触るかよ」

彼方此方《あちこち》で、立派な旦那衆とも思えぬ怒声と驚声が飛び交っていた。

「誰でもいいから、早く、明かりを〜ッ」

暗闇の混乱は極に達そうとしている。

侵入者は、狼狽《うろた》える旦那がたのあいだを縫うように移動し、どうやら彼らの懐《ふところ》の中のもの抜き取っているようだった。

（巾着切《きんちやつき》りなのか？）

彼に殺意がないことはじめからわかっていたが、その手が旦那たちの懐に向けられたときはさすがに驚いた。

（まあ、確かに、分限者《ぶげんしや》が大勢集まってるところで片っ端から財布を抜けば、効率はいいだろうが）

大胆なのか横着なのかよくわからぬその手口に東次郎が呆れていると、ひと渡り懐を抜き終えた賊は、そそくさと座敷を後にした。

続いて東次郎も座敷を出る。

こんなときは、混乱が収まらぬうちに姿を消すに限る。後日なにか聞かれたら、「恐怖のあまり、無我夢中で逃げました」とでも言えばいい。

廊下の明かりもすべて消されているため、座敷を出てもなお店の中は闇ばかりであった。幸い東次郎は案内されたときの経路を覚えているため、易々と出口まで行き着ける。

（他の座敷では騒ぎが起こっていないところをみると、やっぱり今宵は《出羽屋》の貸し切りだったのかな）

東次郎は終始冷静だった。

どうにか店の外に出ると、辻行灯《つじあんどん》の裏や天水桶の陰など、物陰に潜んでいる者がいないかを素早く確認する。

（いた――）

予《あらかじ》め目星をつけていたため、すぐに見つけることができた。

「伊助《いすけ》」

「旦那様」

辻行灯の傍らに佇《たたず》んだ伊助は軽く頭を下げて返事をする。役者のようだと言われるほどの男前だが、滅多に笑顔を見せることはない。

(大方、『もし旦那様が《出羽屋》の宴席を早々に抜けてくるようなら、その足で吉原《なか》へ行ったりしないよう、見張っていろ』とでも言われてきたんだろう)

ということを充分に承知しつつ、

「忠さんの言いつけだね?」

東次郎は一応確認する。

伊助は無言で頷いた。

「いま、ここから出て来た黒装束の奴、見たかい?」

「はい」

今度は声に出して伊助は応える。

「あれを、追えるかい?」

「はい」

「じゃあ、追っておくれ」

「畏まりました」

軽く肯くと同時に、伊助は即ち闇に身を躍らせた。

伊助は元気よく走り出したが、結局半刻と経たず、帰途につく東次郎のもとへ戻ってきた。

「大川橋《おおかわばし》を本所《ほんじょ》のほうに向かって渡って行きました」

悄然と項垂《うなだ》れながら報告した。端麗な眉間も少しく曇っている。

「そのあたりで見失ったのかい？」

「はい」

「じゃあ、しょうがないね」

東次郎は軽く嘆息したが、すぐに歩を進め出す。

「あれは一体何者なんです？」

続いて歩き出しながら、伊助が東次郎に問うた。

「義賊だよ」

「義賊？」

「ああ、厭味な金持ちから奪って、貧しい者たちに施す……まあ、施すかどうかは別として、金持ちから盗んでる時点で、立派な義賊だが」

「だからって、宴席に押し入るなんて大胆すぎませんか？」

「大胆だね」

鸚鵡《おうむ》返しに応えてから、

「なにしろ、《すめらぎ小僧》だからね」

すぐに続けて東次郎は言う。

「《すめらぎ小僧》? あいつが? 本当ですか?」

「ああ、多分ね」

「………」

東次郎の言葉を信じかねるのか、伊助はなにか物言いたげであった。が、敢えてなにも言わなかった。

いつもと変わらぬ軽い口ぶりと裏腹に、東次郎の表情は暗かった。なにか思うところがあるのだろう。そんなときは、余計な問いを発しないに限る。尊敬する忠蔵から学んだことの一つであった。

二

《すめらぎ小僧》を名乗る盗賊が江戸の巷《ちまた》を騒がせるようになってから、そろそろ一年にはなるだろう。

所謂《いわゆる》「義賊」という触れ込みであるため、金持ちから奪って貧しい者たちに施す、と言われているが、詳細は定かでない。施された者は、盗っ人の罪に連座することを恐れて当然その事実を隠す。読売が面白可笑しく書きたてる内容は殆どが創作だ。

実際に起こった事件をもとに、大衆が歓びそうな物語を作り出すのが読売の仕事である。

一方、名のある盗賊が現れ、我が物顔に市中を荒らされて一番困るのは、盗まれる側の金持ちではなく、盗賊の跋扈《ばっこ》を許している町奉行や火盗改の頭《かしら》にほかならない。盗賊が世に蔓延《はびこ》れば、町方も火盗改も無能の誹りを免れないからだ。

それ故、読売に書きたてられて「義賊」の名が挙がれば挙がるほど、当然町方は盗賊を捕縛しようと躍起になる。見廻りの数も増える。

派手に稼ぎまくる「義賊」のおかげでその煽りを食らうのが、有象無象《うぞうむぞう》のこそ泥たちだ。捕り方の警戒が厳しくなれば、彼らには生きる術がない。あっさり捕り方に捕らえられるのは、高名な「義賊」ではなく、お粗末なこそ泥ばかりであった。

（それでもって、うっかりとっ捕まった間抜けな盗っ人を、《すめらぎ小僧》に仕立て上げて、獄門にかけて、終わらせたりして……。役人なんて、そんなもんだ）

ということも、東次郎は知っている。

だから「義賊」と呼ばれる連中のことを、

(忌々《いまいま》しい奴らだ)

内心では苦々《にがにが》しく思っていた。

派手に稼いで、己の贋者が捕縛・処刑されたあたりで盗みをやめれば、己は安泰。稼いだ金で商売でもはじめるなり、隠遁するなり、望みの人生を全うできる。

(忌々しい上に、狡《ずる》い奴だ)

よりによって、その忌々しくて狡い奴と出会《でくわ》す羽目に陥った。

折角だから隠れ家でも突き止めてやろうと伊助にあとを追わせたが、残念ながら伊助は途中で見失った。もとより、伊助を責めるつもりはない。大胆不敵な手口も納得できるほど、なかなかの腕前だ。

(とはいえ、いくら大店の主人でも、百両二百両と持ち歩いてるわけもなし、持ってたってせいぜい二、三十両がいいとこだ。全員から頂いたとしても、たいした稼ぎじゃない)

と己に言い聞かせてみたところで、愉快であろう筈もない。

帰宅後は、忠蔵に対して当然仏頂面で報告した。

　すると忠蔵は、

「《すめらぎ小僧》ですって？」

　流石《さすが》に目を剝いて問い返した。

「《出羽屋》の宴席に、《すめらぎ小僧》が押し入ったって言うんですか？」

「ああ、そうだよ」

　まるで詰《なじ》るような忠蔵の言葉に、さも億劫《おっくう》げに東次郎は肯く。

　古い茶道具を引っ張り出して並べてみたが、別に茶を点《た》てるつもりなどない。棗《なつめ》や茶筅《ちゃせん》を弄《いじ》っているだけでなんとなく気持ちが落ち着く。

（こんなとき、茶室があればな）

　いやな宴席で気疲れしたあとは、妄想点前《てまえ》で心を鎮めるに限る。

「招かれた旦那衆が持ってきたご祝儀はもとより、懐の財布や高価な根付けまでとられちまって、《出羽屋》の旦那が気の毒で仕方ないよ」

　しばし茶器を弄って気持ちを鎮めてから、漸《ようや》く心にもないことを東次郎は口にした。行きたくもない宴席への出席を強要された怨み辛みを、これからじっくり忠蔵に聞いてもらわねばならない。

　忠蔵は、そんな東次郎の心中など夢にも知るまい。

「《すめらぎ小僧》の噂は聞いてましたが、まさか、旦那衆が居並ぶ宴席でその懐を狙うなんて大胆不敵な野郎ですね」

「義賊だからね」

「義賊だと、なんで大胆不敵なんです？」

「義賊は名を売ってなんぼだろ。多少大胆な真似をしなきゃ、名は売れないよ」

「なるほど」

　忠蔵は一旦肯き、

「それで、旦那様は？」

　ふとなにか思い当たったらしく、眉を顰めて東次郎に問うた。

「え？」

「旦那様も、財布を盗られたんですか？」

「盗られるわけないだろ。私は、財布を、懐や袂《たもと》になんか入れてないからね」

「なるほど」

　忠蔵は納得顔に肯いたが、東次郎にはそれが些《いささ》か気にくわなかった。

（なにが、『なるほど』だ。誰のおかげでそんな災難に見舞われたと思ってんだ）

「まあ、旦那様から盗むなんて、あり得ねえか」

東次郎の面上に見る見る不満の色が浮かぶのを知ってか知らずか、忠蔵は更に言葉を継ぐ。

「どういう意味だい？」

「だって、盗っ人から盗むのは《唐狐》の仕事ですからね。《唐狐》が他の盗っ人から盗まれたなんて、間抜けな話があっていいわけがありませんや」

「馬鹿馬鹿しい」

東次郎は忌々しげに舌打ちした。

「笑い事じゃないんだよ」

「別に笑ってませんけど」

「くだらないことを言ったじゃないか」

東次郎は更に険しい顔をする。

「なにがくだらないんです」

すると忠蔵も忽ち不機嫌になる。

「そもそも、誰のおかげでこんな危難に遭ったと思ってるんだい」

「私のせいだと言いたいんですか？」

「そのとおりだよ」

「…………」

強い語調で肯定されて、忠蔵は絶句した。

「忠さんが、行け行けって勧めるから、本当はいやだけど、仕方なく行ったんじゃないか。おかげでとんだ目に遭った」

「行けとは言いましたけど、それと《すめらぎ小僧》の襲撃とは、また別の話じゃないですか」

「全然、別の話なんかじゃないよ」

東次郎は主張した。

「そもそもあんな贅沢な宴席は、私には分不相応なんだ。いくら招かれたからって、のこのこ出向くほうが間違ってたんだ。間違ったことをするから、変なものを招き寄せたんだよ。それがわからないのかい」

「わかりませんよ」

喉元まで込みあげる言葉を、忠蔵は呑み込んだ。

言い返したところで、なにも変わらない。更に東次郎の怒りを掻き立てるだけのことだ。

(ここは言うだけ言わせよう)

割と初期の段階で、忠蔵はそう決意していた。言うだけ言って気を紛らわせぬことには、東次郎は納得しないだろう。言ったところで、納得はしないかもしれないが。

三

その夜、たった一人で《出羽屋》の宴席を襲い、居並ぶ旦那衆の懐から財布を盗んで行ったのは、東次郎の予想どおり、近頃江戸を騒がす《すめらぎ小僧》だということになったらしい。

実際のところは定かでない。

押し入った賊が、『すめらぎ小僧参上！』と名乗ったわけでも、『すめらぎ小僧』と認《したた》めた紙片を残していったわけでもないからだ。知らせを受けて駆けつけた役人が、その場の状況を見て、関係者に聞き込みをした結果そう判断した。

当然、翌日東次郎の許《もと》へも奉行所の同心が聞き込みにきた。

「私はなにも盗られておりませんが」

東次郎が不審がると、

「たとえ盗られたものはなくとも、昨夜あの場におった者全員に話を聞かねばならぬのだ」

五十がらみのその同心はさも億劫げに言い、

「そもそも、あの場に居合わせながら、そのほうは、何故一人で先に帰ってしまったのだ? 《すめらぎ小僧》は、何故そのほうの財布だけ奪わなかったのだ?」

あからさまな詰問口調で問うてきた。

一人だけ被害に遭っていないことであらぬ疑いをかけられるなど真っ平だ。

「突然部屋が真っ暗になって、真っ暗闇の中で、賊の気配がしたとき、もう怖くて怖くて…我を忘れてしまったのでございます……」

それ故、東次郎は泣き声まじりに弁疏《べんそ》した。

「恐ろしい賊に殺されるかも知れない、と思ったら、無意識に体が動いて……気がついたら、一人で外に出てたんでございます」

「あの状況で、よく一人で外に出られたな?」

よい歳をした東次郎の半泣きに半ば呆れながら、同心は問い返す。

「出るつもりで…出たのでは……ございません。もう、無我夢中で……いま思うと、いつ賊の刃に出遭わぬとも限らぬものを……おお、恐ろしい。お役人さまッ」

「な、なんだ」

不意に真顔になって同心の顔を見つめる東次郎に同心は戸惑う。

「あのままじっとしていたら、私は殺されていたのでしょうか？」

「《すめらぎ小僧》は、殺しはせぬ」

「まことに？」

「嘘を吐いてどうする」

「ですが、盗賊なのですよね？」

「盗賊だ」

「盗賊のすることなど、信じられるのですか？」

「え？」

同心は虚を衝かれたような顔をする。

「だって、相手は盗賊ですよ」

「………」

「盗賊のなにを、斯様《かよう》に信用できるというのでございます？」

「それは……」

「盗賊でございますよ。盗みを働くことを生業《なりわい》としているような輩《やから》でございますよ。何故、絶対に殺しはしないなどと言い切れるのでございます？」

「ぜ、絶対にとは言っておらぬ」

「ですが、決めつけておられます」

「なにを決めつけておるというのだ？」

「《すめらぎ小僧》は義賊故、絶対に非道な真似はせぬと、決めつけておられます」

「ば、馬鹿を申せッ」

同心は真っ赤になって激昂した。

図星を指されたからに相違なかった。

「たかが盗っ人如きを、斯様《かよう》に過大評価してはおらぬ」

「では、何故に、《すめらぎ小僧》は殺しをせぬ、と？」

「ああ、もうよい。なにも盗られておらぬなら、そのほうには最早《もはや》なにも聞くことはない」

蓋《けだ》し、東次郎との問答が面倒になったのだろう。草鞋《わらじ》の裏のような顔をした同心は一方的に言い切ると、さっさと立ち去った。

「そういえば、《すめらぎ小僧》の騒ぎでうっかりしてましたが、肝心の宴会のほうはどうだったんです？」

思い出したように忠蔵に問われるまで、東次郎は本当に忘れていた。

己にとって不愉快なことならさっさと忘れるのが東次郎の信条だ。《すめらぎ小僧》の件もあり、楽に忘れることができた。

「どうもこうもないよ」

だが、忠蔵の言葉で、漸《ようや》くそのことを思い出した。

「ったく、腹が立つ」

思い出すとなんとも胸糞が悪く、すぐには適切な言葉が口をついて出ない。この怒りを忠蔵と分かち合うべく言葉を選ぼうとすると、更なる怒りが胸底から湧いてくる。

ところが。

「それは、大変結構なお話じゃありませんか」

東次郎の話を聞き終えるなり、満面に喜色を浮かべた忠蔵の言葉に、東次郎は一瞬耳を疑った。

《出羽屋》の申し出を聞かせた直後のことである。

《すめらぎ小僧》のおかげで何処かへ吹っ飛んでしまったが、本来こちらのほうが最重要案件であった。

「正気かい、忠さん？」

東次郎が真顔で問い返すと、

「ええ、願ってもない良いお話ですよ」

忠蔵も真顔で大きく肯く。

（忠さんて、こんなに愚かだったっけ？）

内心の狼狽をひた隠しつつ、だが、

「まさか、《出羽屋》がただの親切心でこんな申し出をしてきたと思ってるんじゃないだろうね？」

冷ややかな口調で東次郎は問い返した。

「………」

東次郎の意図をはかりかねるのか、忠蔵はしばし絶句する。

「資金を融通してくれると言ったって、何れは返さなきゃならないんだ。借金を背負うことになるんだよ。返せなきゃ、店をとられた上、隆まで向こうに取り込まれてしまう。こっちは商売にならないよ」

「だったら、きっちり返済すればいい話でしょう。新しく店を出せば、借金返せるくらいの儲けは楽に見込めますよ」

なんだ、そんなことかとタカをくくった顔で忠蔵は言い返し、東次郎は心中密かに長嘆息する。

「いくら利益が見込めたって、手許に金がなければ返済できないんだよ。《出羽屋》は狡賢いから、私たちの手にまとまった金が入らないようになにか罠を仕掛けるに決まっている」

「そんなわけはないでしょう」

否定しながらも、忠蔵の口調からは最初の勢いが消えていた。東次郎の勘の良さは、忠蔵も常々認めているのだ。

「相手は、海千山千の老練な商人だ。手形の期日が過ぎるまで、私たちに金が渡らないようにすることくらい、朝飯前だろうよ」

「じゃあ、はじめから、うちを取り込む目的で、新しい店を出させるってんですか？」

「それ以外にどんな目的があるっていうんだい？　うちみたいな小さな店に手を貸したって、《出羽屋》にはなんのうま味もないだろう」

見る見る元気が失われてゆく忠蔵と裏腹、東次郎の声音と口調は鋭さを増す。

「《出羽屋》さんは……そんなお人じゃありますまい」

弱々しく吐かれた言葉は、辛うじて東次郎の耳に届く大きさであった。

「忠さん、なに、甘いこと言ってんだよ。《出羽屋》の傘下にある御府内の店を調べてごらん。その半数以上が、甘言につられて新しい店を出して、それをそっくり《出羽屋》に乗っ取られたお店だよ」

「…………」

忠蔵には最早言い返すべき言葉はなかった。

「なんだい、忠さん。結局《出羽屋》のことなんか、なんにも知らずに、ただ大店だってだけで崇《あが》めてたのかい」

「…………」

まだまだ言いたいことはあったが、固く口を閉ざしてしまった忠蔵の表情を見るに忍びなく、早々に話題を変えた。

「そうそう、《唐津屋》って覚えてるかい?」

「《唐津屋》? 呉服問屋の?」

「ああ、いつぞや飛鳥山《あすかやま》で花見してたら、知らない奴から挨拶されたことがあったろ?」

「ええ、厭味なほどに慇懃無礼《いんぎんぶれい》な……」

「如何にも腹蔵《ふくぞう》のありそうな、陰険そうな奴だったろ」

「ええ、まあ」

「その《唐津屋》と《出羽屋》の主人って、母親違いの兄弟なんだってさ」

「えっ？」

「顔は全然似てないけど、半分は血が繋がってるんだ。《出羽屋》の主人は一見人格者だけど、実は腹蔵だらけの策謀家に違いない」

「本当ですか？」

　少しく眉を顰めつつ、忠蔵は問い返す。

「なにがだい？」

「《出羽屋》さんと《唐津屋》さんが異母兄弟って話ですよ」

「そんなことで、嘘吐いてどうするんだい」

「ですが……」

「本人たちが言うんだから、本当なんだろ。詳しい事情は聞いてないが、関係を表に出してないんだから、当然訳ありだ。それをわざわざ私に教えたのは、敢えて秘密を明かして己を信頼させようって魂胆さ。腹黒いにもほどがあるだろ」

「旦那様」

　まくしたてる東次郎の顔を、半ば呆気にとられて忠蔵は見返した。

　口では到底かなわないということは前からわかっていたが、近頃では知恵や度胸でもかなわなくなってきたのかもしれない。

(侍あがりのこの私が——)

口惜しくは思うものの、抗しようのない事実であった。

四

「早いね、伊助さん」

布団の中から声を掛けられ、伊助は少しく焦る。

「なんだ、起きてたのか」

「うん」

起こさぬように、細心の注意を払ったつもりだったが、卯之吉《うのきち》は矢張り耳がいい。

さすがは伊賀の忍びの出だ。

「出かけるの?」

「ああ」

身繕《みづくろ》いを整えつつ、伊助は軽く肯いた。

渋い銀鼠色の着流しに頬被《ほおかむ》り用の手拭いを肩にかけているところを見ると、或いは逢い引きと考えられなくもない。

「逢い引きなら、もっと明るい色の着物にすればいいのに。それじゃあまるで、番頭さんくらいの歳の男だよ」

卯之吉が注意深く水を向けると、

「そんなんじゃねえよ」

案の定無愛想に否定された。

男の卯之吉でさえ思わず見惚れる美男子なのに、およそ愛想というものがない。店でも、客の相手は専《もっぱ》ら卯之吉の仕事である。

「じゃあ、何処へ何をしに行くの？」

「そんなこと、いちいちお前に言う必要があるか」

「あるよ。帰りは何時《なんどき》くらいになるのか、気になるじゃないか」

「女房みてえな口きくなよ。気色悪い」

「女房みてえなもんだろ、一緒に暮らしてるんだからさ」

「一緒にって……それは、家賃が勿体《もったい》ないから仕方なく……」

「わかってるよ」

困惑する伊助の言葉を、だが卯之吉は途中で遮った。

「どうせまた、《すめらぎ小僧》の隠れ家を探しに行くつもりなんだろ?」

伊助の無愛想などとっくの昔に慣れっこな卯之吉は臆することなく問い詰める。東次郎と忠蔵ほどではないが、彼らもまた、十年以上に及ぶつきあいだ。

無表情を保ちながらも僅かに狼狽したのか、伊助の返答がしばし遅れた。

「だから、なんだ?」

だが伊助は依然として不機嫌に問い返し、

「そんなこと、どうだっていいだろ」

一層不機嫌な口調で言い放つ。

言うなり土間へ降りて草履《ぞうり》をつっかけ、そのまま障子に手をかけようとする伊助の背を、

「どうだっていいわけないだろ」

卯之吉は鋭く呼び止めた。

伊助の足もピタリと止まる。

「これ以上勝手な真似を続けるつもりなら、旦那様たちに言うよ」

「卯之、てめえ!」

伊助は即ち足を止めて振り返り、まだ床の上に半身を起こしたばかりの卯之吉を睨

んだ。

「旦那様たちに言いつけやがったら、殺すぞ」

「上等だよ。なんなら、いま殺しなよ」

浴衣《ゆかた》の前をはだけながらその場で片膝を立てた卯之吉は別人のように鋭い眼で伊助を見返した。十代の少年かと見紛う童顔ながら、その人となりは決して柔和というわけではない。

元々、伊賀の忍びの子で、幼い頃から忍びの訓練を受けて育った。

目の前で父を殺される悲劇に見舞われた後、東次郎と忠蔵に拾われた。それ故二人に対する忠誠心は伊助に勝るとも劣らないが、同時に、ともに育った伊助への友情も溢れるほどに有している。いや、友情というよりは最早家族愛に近いかもしれない。

「旦那様に言いつけられたのに見失ってしまったのが悔しくて、命じられたわけでもないのにてめえで勝手に探しまわってる、って知ったら、旦那様、どう思うかな？」

「なにが言いてえんだ、てめえ？」

「なにも。ただ、伊助さんの暴走を止めたいだけだよ」

「暴走だと？」

「だって、そうだろう。命じられたわけでもないのに、休みのたびに目の色変えて出かけて行くなんて、正気の沙汰とは思えないね」

「俺が勝手にしてることだ、ほっといてくれ。旦那様たちにも関わりねえ」

「そんな言い訳が通用するとでも思ってるの？」

「………」

「それに、伊助さん、一度はそいつにまかれたんだよね？」

「あ、あのときは、どういう相手かわからず油断したんだ。次に見かけたときは絶対に見失わねえ」

「この世には絶対なんてないんだよ、伊助さん。もし万一、ドジ踏んで、旦那様たちに迷惑かけるようなことになったらどうするの？」

「………」

「もし必要なことなら、旦那様は伊助さんにそう命じてる筈だろ。必要がないから命じないんだ」

「けど、奴は盗賊だ。義賊だなんてもてはやされちゃいるが、盗っ人は盗っ人だ」

「盗っ人だから、なんなの？」

「え？」

「まさか、《唐狐》の次の標的にでもするつもりなの？　そこまで勝手な真似していいと思ってるの？」

「そ、そこまでは考えてねえよ」

卯之吉の強い語気に、いまや伊助はすっかり圧《お》されている。

「じゃあ、なにを考えてるの？」

「なにをって……」

「なんのために、《すめらぎ小僧》の隠れ家を捜してるの？」

「それは……」

「はっきり言えない程度の理由なら、私も一緒に捜すよ」

「え？」

「だから、私も一緒に捜すって言ってるんだよ」

「おい、卯之――」

「そうすれば、私は、旦那様たちに告げ口したくてもできなくなるし、なにかあったとき、一人より二人の方が都合がいいだろう」

ひと息に言い切る卯之吉の言葉を、半ば呆気にとられて伊助は聞いている。

「ね、いい考えだろ、伊助さん」

「………」

強請《ねだ》るような卯之吉の目に容易《たやす》く戸惑い、伊助は言葉を失っていた。よく澄んだ少年の瞳の奥に妖婦の艶を秘めている。さながら、そんな目つきであった。

五

黒装束の影が闇中を疾駆する。

通常ならば闇にまぎれて見えない筈だが、伊助の目にははっきり見てとれる。小柄で細身で身軽そうだが、足はそう速くないように思えた。

しかも、そこそこ大ぶりな荷を背負っている。おそらく盗んだものが入っているのだろうが、逃走の際には邪魔になる筈だ。

(楽勝だ)

伊助は途中までタカをくっていた。

追いつこうと思えばいつでも追いつけるが、敢えてそうしない。目的は賊を捕らえることではなく、奴の隠れ家を暴くことだ。寧《むし》ろ尾行に気づかれぬよう、適度な距離を保っておく。

伊助の見極めは正しかった筈だ。

だが、途中から勝手が違ってきた。それほど足は速くない筈なのに、大川橋を渡るあたりから、見る間に距離をあけられるようになったのだ。

（おかしいな）

己の足が遅れているとは思えない。

先を行く者の足どりが、明らかに早まっているのだ。

（宴会中の座敷へ盗みに入るなんて大胆な手口から見ても、若いやつだとは思うが……）

若いやつならなまじ体力があるぶん厄介だ。伊助は走る速度を速めていった。

が、伊助が足を速めると、相手も明らかに足を速める。

ために、一旦離れた二人の距離は、容易には縮まらない。

（まさか……）

伊助は焦った。

相手が足を速めたのは、明らかにこちらの存在に気づいたためだ。

だが、追跡にあたって、伊助は完全に己の気配を消していたし、コソとも足音などたててはいない。

（何故気づかれた？）

大胆な手口を使うのは素人《しろうと》な証拠と思っていたが、存外玄人《くろうと》なのではないか。そうでなければ、伊助の尾行に気づくわけがない。

(畜生ッ、ただのこそ泥じゃなかったのかよ)

激しく舌打ちする思いで伊助は走った。こうなったらもう、形振《なり》り構わず追いつくしかない。

伊助は懸命に走った。

だが、彼との距離は金輪際《こんりんざい》縮まることはなかった。

(何処行きやがった?)

さすがに足を止めたときには、大小の屋敷が建ち並ぶ町屋の中にいた。黒装束の姿は何処にもなく、伊助は漸く我に返った。

「このあたりで見失ったの?」

「ああ」

苦い顔つきで伊助は肯いた。

あの夜と同じ道を歩いているだけで、あの夜の無念も甦ってくる気がする。伊助の心中がわからぬわけでもあるまいに、卯之吉の問いは無神経そのものだった。

「確かなの？」

「ああ」

伊助の表情はいよいよ渋い。

当然だろう。誰しも己の失策を何度も反芻させられたくはない。

「このあたりって、本所界隈でも一番家が多いところだよ。庶民の家だけじゃなく、武家屋敷も少なくない」

「だから、なんだ？」

「そんなところに、盗っ人が隠れ住むかな？」

「…………」

伊助が押し黙ってしまったため、そのあとに続くべき、

「はじめから、このあたりで伊助さんをまくつもりで、そいつはここへ来たんじゃないの？」

という問いはさすがに口にしなかった。

卯之吉とて、傷口に塩を塗るような真似はしたくない。しかし、当夜の伊助の行動を知れば知るほど、卯之吉は《すめらぎ小僧》の老獪《ろうかい》さに舌を巻かずにはいられない。

《すめらぎ小僧》は、伊助さんに尾行《つ》けられてることにはじめから気づいてた。

……義賊なんて呼ばれてちゃらついてるこそ泥じゃない。すごい手練れだ）

それがわかると、《すめらぎ小僧》を見失ったあたりを徹底的に捜しまわるという伊助のやり方が無意味であることも容易に察せられてしまった。

《すめらぎ小僧》が、伊助に尾行けられていると承知の上でこの界隈へ伊助を誘《いざな》ったのだとすれば、伊助は《すめらぎ小僧》を見失ったわけではなく、《すめらぎ小僧》から放置されたのだ。

「俺だって、わかってんだよ」

つと、不機嫌な口調で伊助が言った。

「え？」

「奴はわざとこのあたりへ俺を誘導しておいて、姿を消した。俺が見失ったわけじゃねえ。奴が姿を消したんだ」

「伊助さん……」

「だから、このあたりに奴の隠れ家なんてねえよ。そんなこたあ、俺だってわかってる」

「じゃあ、なんでこんな無意味な真似をするの？」

「それしか、手がかりがねえからだよ」

「それしか、って？」

「こうして尋ね歩いてたら、そのうちバッタリ出会すことがあるかもしれねえだろ」

「だって、顔見てないんだろ？」

「顔は見てねえが、体つきは覚えた。俺は、一度見覚えた奴の姿なら、絶対に忘れねえ」

「黒装束で出歩いてるとは限らないよ」

「普通は出歩かねえだろ」

伊助は激しく舌打ちした。

今日の卯之吉は、いつにもまして減らず口がすぎる。

「だったら——」

「別に、黒装束じゃなくても、わかるから」

「わかるの？　本当に？」

「ああ」

「どんな恰好してても？」

「だから、そう言ってるだろ」

「じゃあさ、例えばガリガリに痩せた奴が、相撲取りみたいに太った奴の着物を着てたとしてもわかるの？」

「………」

「ねえ、どうなの？」

「しつけえぞ、卯之ッ。そのねちっこい言い草、誰かさんにそっくりだ」

「誰かさんて？」

「………」

「誰かさんて、旦那様のことかな？」

「わかってんなら、聞くな」

ぶっきりぼうに言い捨て、伊助はどんどん足を速める。

「あ、待ってよ、伊助さん」

「お前はもう帰れ」

「どうして？」

「どうせお前は、俺の言うことなんぞ信じちゃいねえんだろ」

「………」

「はなからわかってんだよ、てめえの了見は――」

「どうわかってるの？」

「お前の目的は、俺を見張ることだろ」

「なんで私が伊助さんを見張らなきゃならないのさ」

「俺が暴走しないか、心配なんだろ」

「伊助さんは暴走しないだろ。いつも冷静なんだから」

「そう思うなら、お前は俺についてきてねえだろ」

「退屈してたからだよ」

伊助が言い終えるや否や、卯之吉はあっさり白状した。

「退屈？」

伊助が意外そうに卯之吉を顧みると、卯之吉は文字どおり不貞腐れた子供のような顔で嘯《うそぶ》く。

「ああ、退屈で仕方ないよ」

「なにがだ？」

「この前、《羅刹《らせつ》》の鬼吉《おにきち》一味をやってから、もう一月《ひと》以上も裏の仕事してないだろ。伊助さんは退屈してないの？」

「してねえよ」

「私は退屈なんだよ」

「卯之、お前……」

伊助は信じられぬ面《おも》持ちで卯之吉の幼顔《おさながお》を熟視した。

十かそこらでともに東次郎と忠蔵に引き取られ、《高麗屋》の丁稚《でっち》となった。兄弟同然に育ってきて、隠し事なども殆どない。東次郎と忠蔵とはまた違った関係性が築かれている。互いのことなら、大抵はわかりあえているとばかり思っていたが、生真面目で几帳面な伊助には、柔和ではあるがどこか摑み所のない卯之吉のことは全く理解できていなかったらしい。

「私は無理だよ、伊助さん」

当惑して口を閉ざした伊助に向かって、卯之吉は言葉を継いだ。

「もう、毎日退屈で退屈で……おかしくなりそうなんだ。番頭さんは、伊助さんには商売以外の仕事もいろいろ言いつけるのに、私にはお店の仕事しかさせてくれないんだよ」

「……………」

「不公平だよ」

不満げに口を尖らせた卯之吉の顔ならいままで数知れず見てきたが、突然見たこともない顔を見せつけられて、伊助は困惑するばかりだった。

「お店の仕事が、退屈なのか？」

卯之吉の言葉が途切れたところですかさず問うと、

「退屈だよ。退屈以外のなにものでもないよ」

卯之吉は即座に言い返してきた。拗《す》ねた子供の顔のままであった。

（こいつ、そんなに裏の仕事が好きだったのかよ）

伊助は伊助で、意外すぎる卯之吉の一面に驚いている。

生真面目な伊助と違って、そこそこ女とも遊ぶし、人づきあいも悪くない。外見と裏腹、中身は伊助など足元にも及ばぬほど大人で、なんでもそつなくこなす卯之吉の中に、伊助には全く理解できぬもう一人の卯之吉を垣間見た伊助は、それきりしばし口を噤《つぐ》んだ。

彼らが、一体なんのためにその界隈を歩きまわっているかも忘れてしまうくらい長い間無言で歩き続けてから、

「帰ろう」

一方的に言い捨てて、伊助は自ら帰途についた。

卯之吉の意外な一面が知れた以上、いつまでもこんなことをしていてはいけない気がしたのだった。

第二章　悪女の本懐

一

《多嶋屋》九右衛門が死んだ。

いや、正確には死んだらしい、と人伝《ひとづて》に聞いた。

それも、面と向かって知人から聞いた確かな情報ではなく、噂話を小耳に挟んだだけなので、詳細はわからない。

もし本当に死んだのであれば、巷《ちまた》に噂が広まるまでのときを考えれば、少なくとも半月以上前には亡くなっている筈だ。

東次郎と忠蔵が忍び込んだ夜からほどなくして死んだことになる。

「まさか、死ぬなんて……」

東次郎は激しく衝撃を受けた。

もし噂が事実とすれば、あの夜の東次郎らの唐突な訪問が、九右衛門の死期を早める一因となったのではないだろうか。

だとすれば、富由が東次郎らを九右衛門の寝所に忍ばせた本当の狙いは、夫の死期を早めるためか。

（いや、あの女がもしそうしようと思えば、九右衛門の命を縮めるくらい、朝飯前だった筈だ。他の者の力など借りるはずがない）

すぐにそう思い返すが、依然として浮かぬ顔で項垂《うなだ》れる東次郎に、

「なんですよ、そのしけた面《つら》は。敵《かたき》の一人がくたばっただけのことでしょう。おかげで仇討《あだう》ちの手間が省けた」

忠蔵は冷ややかに言い放った。

「でも、こんなに急に……」

「あの歳だ。いつ死んでもおかしくない状態だったんでしょうよ」

「そうかもしれないけど……」

東次郎の顔色は一向に冴えない。

（困った一坊だ。これだけ地獄を見てきたってのに、妙に情け深いところがある）

内心呆れ返りつつも、忠蔵は東次郎を気遣っているという のは忠蔵の勝手な想像で、実は彼は終始視線を手許《てもと》の帳簿に落としたままだ。東次郎の顔など全く見ていない。

「本当に、死んだのかな?」

しばし口を噤《つぐ》んだ後、更にしめやかな口調で東次郎は言い、忠蔵は即答する。

「疑うなら、てめえの目で確かめてきたらいかがです? いまならまだ『忌中』の紙が貼られてるでしょうよ」

「店の前をうろうろしたら、お富由に悪いだろ」

「別になんにも悪くないでしょう。さっと通って、『忌中』かどうか確かめるだけなんだから」

「仮に『忌中』でも、九右衛門以外の者が死んだのかもしれないじゃないか」

突拍子もない東次郎の言葉に、忠蔵は僅かに肩を揺らして反応したが、

「だとしたら、お富由か庄二郎《しょうじろう》のどちらかってことになりますが、持病もねえ若いやつが突然死んだら、それは尋常な死じゃありませんや。下手《へた》すりゃ、殺しだ。あれだけのお店でそんなことがあれば、もっと人の口にのぼってますよ」

些《いささ》か呆れ気味の口調で言い、その隙のない主張に、東次郎は返す言葉もない。

「まあ、旦那様とお富由は満更知らねえ間柄でもねえし、それはそれで、確かめる必要がありますね」

「え？」

忠蔵の言葉に、東次郎は耳を疑った。

「な、なにを確かめるって言うんだい？」

「決まってるでしょう。お富由が庄二郎に殺されてねえかどうかをですよ」

「まさか！」

東次郎は即座に否定した。

「庄二郎がいくら愚かだといっても、そこまで馬鹿げた真似をするもんか。それに、お富由はあんな馬鹿にむざむざ殺されるような女じゃない」

「それがわかってんなら、さっさと確かめに行ったらどうです？」

「…………」

「旦那様がおいやでしたら、私がひとっ走り行ってきますよ」

「忠さん！」

たまらず東次郎は声をあげたが、

「なんですか？」

それでも忠蔵は顔をあげず、帳場に座っていつもの仕事を淡々とこなしていた。顔もあげずに問い返すその横着な様子が、東次郎の気持ちを逆撫でするど承知の上で。

「なんだって、そんなに冷静なんだよッ！」

「なんでって言われましても……」

東次郎の語気の強さに、忠蔵は少しく困惑した。或いは、わざと困惑しているように装ったのかもしれないが。

「九右衛門にもう一度話を聞きに行こう、ってあれほど熱心に言ってたのは忠さんのほうじゃないか」

「ええ、言いましたよ」

「聞きたくても、もう聞けないかもしれないのに、なんでそんなに落ち着いてるんだよ」

「じゃあ旦那様は、なんでそんなに狼狽《うろた》えてるんです？」

「え？」

「だから、私は何度も、もう一度九右衛門に話を聞きに行こうって言ったじゃないですか。それを、旦那様が行かないと言い張ったんですよ。今更年寄りの与太話なんか聞いても仕方がないから、って。違いますか?」

「違わないけど……」

忠蔵に指摘されると、東次郎は容易《たやす》く言葉を失った。

「だったら、今更狼狽えることはないでしょう。はじめから、奴になにも聞く気はなかったんだから」

「………」

「それを、身も世もなく狼狽えて、わあわあ騒いで、気が知れませんよ」

「別に騒いじゃいないだろ」

「騒いでるでしょう。『まさか死ぬとは思わなかった』って、真っ青になって……」

「そ、そこまで言わなくたっていいじゃないか」

「言いたくもなるでしょう」

「なんでだい?」

「旦那様があんまり阿呆だからですよ」

「阿呆って……そこまで言うか?」

「そりゃあ、言うでしょう。本当は聞きたくて聞きたくて仕方ないくせに、わけのわかんない意地張って、『聞きたくない』とか、言い張って。……いざ、聞けなくなると、慌てふためいて……てめえで確かめに行くことすらできやしねえ。どうかしてるとしか思えないでしょう」

情け容赦のない言葉で東次郎を責めながら、忠蔵はそのときはじめて、ゆっくりと彼をふり仰いだ。

肩を落とした東次郎の顔はほぼ泣き顔に近かった。

「いい歳して、なに泣いてんです。今更泣いたってしょうがないでしょう」

「な、泣いてなんかいないよッ」

「だったら、さっさと仕度をして、《多嶋屋》に行けよ」

厳しい語調で忠蔵に叱責されると、

「行くわけないだろ」

東次郎は負けじと強い口調で言い返した。

それこそ、忠蔵が待っていた言葉だと知りもしないで。

「わかりました。旦那様がどうしてもいやだと仰有《おつしや》るなら、私が行きますよ?」

「…………」

「いいんですね、私が行っても?」

「行きたきゃ、行けばいいだろ」

「本当に、いいんですね？」

「しつこいなぁ。いいに決まってるだろ。なんで駄目だと思うんだい？」

「ああ、そうですかい。飽くまでてめえの本心には背を向けるってわけですかい」

「な、なに言ってんだよ、忠さん。私の本心がなんだってんだい？　忠さんの言ってること、私にはさっぱりわからない」

東次郎はとうとうそっぽを向いた。そっぽを向くくらいなら、奥へ引っ込めばいいと思うのに、忠蔵のいる帳場から離れようとしない。一人になるのが心細いのだ。耳に痛い言葉であっても、なにも言われぬよりはましなのだろう。

忠蔵は心中密かに嘆息した。

「なんにしても、お富由には会うべきでしょう」

「お富由に？　私が？　なんのために？」

「当然でしょう。曲がりなりにも、頼まれ事をしてたんですから」

「頼まれ事って……そもそも忠さんは、私がお富由と誼《よしみ》を通じることに反対なんじゃなかったの？」

「もしそうなったら、どう考えても、旦那様に勝ち目はありませんからね」

「…………」

「どうせいいように使われて、利用価値がなくなったら捨てられる。……流石《さすが》に、そんな末路は見たくありませんからね」

「だったら、私はこれ以上お富由に関わらないほうがいいだろう」

「ですが、《多嶋屋》の件は、嫌々ながらも、旦那様が承知なさったことでしょう」

「別に、承知したわけじゃないよ」

「いつまでもガキみてえなこと言ってんじゃありませんよ。旦那様がどう思おうが、向こうは承知したと思ってるでしょうよ」

「なんでだよ」

「そのつもりで、一度は《多嶋屋》の寝所に忍び入ったからですよ」

「…………」

「一応手引きしてもらったんだから、詳細を報告するのは礼儀でしょう」

「手引き……してもらったかな?」

「してもらったでしょう。あの晩九右衛門の寝所は空にしといてもらったんだから」

「それは、忍び込むための最低限の約束だろう。手引きってほどのことじゃない」

「なんにしても、お富由には貸しじゃなくても借りがあるんですよ。返すしかないでしょう」

「そんな……」

東次郎は当惑した。

「あの女に、借りなんてあるわけないだろ」

「そう思ってるのは、旦那様だけですよ」

「どういう意味？」

「女のほうは、貸しだと思ってますよ」

「思って……るのかな？」

「思ってますよ」

「思ってるとしたら、随分といけずうずうしい話じゃないか」

「女ってのは、そういうもんでしょう」

「…………」

「兎《と》に角《かく》、女とは一度きっちり話をつけておかないと、末代まで祟《たた》られますからね」

「そんなこと言われても……」

東次郎は困惑し、言葉をなくすしかない。

「そんなこと言われても……」

もう一度同じ言葉を呟いてから、手の中で弄《もてあそ》んでいた茶の湯用の赤い袱紗を、無意識に強く握り締めていた。

二

（そもそも、話をつけると言っても、どうやってお富由を呼び出せばいい？）

東次郎は容易く途方に暮れた。

実は忠蔵には黙っていたが、先日密かに様子を見に行ったのだ。店の前には未だ大勢の人集《ひとだか》りがしていて、弔問客がひきも切らず訪れているようだった。おそらくその応対に追われているであろう女主人の姿は、通りの向こう側からでは僅かも窺えなかった。

もとより、三十年ほども大店の主人をしていれば当然顔が広く、知人の数も相当なものだろう。

「生前御主人に御恩を賜りました者でございます」

とでも言い、何食わぬ顔で弔問に行っても、疑う者はいない筈だ。だが、

（はたして、そこまでするべきか？）

東次郎は逡巡した。

公《おおやけ》の場で富由と接触するのは諸刃の剣だ。東次郎の存在を《多嶋屋》の者たちに認識させるのは、富由とて不本意であろう。

（ああ、一体どうしたらいいんだよ。……九右衛門の奴も、こんなに急に死ななくてもいいじゃないか）

途方に暮れながら、珍しく一人で店番していると、

「今日はもうお終いですか？」

不意に聞き覚えのある声音がして、凍りついた。

「本当に、新作の発売日以外は閑古鳥なんですねえ」

「…………」

恐る恐る顔をあげ、そこに佇《たたず》む女の顔を確認してから、東次郎は思わず言葉を呑み込む。

「お久しゅうございます」

「お富由さん」

「そんなお顔、なさらないでくださいませ。これでも、幽霊ではございませぬよ」

相変わらず、くたびれた縞縮緬《しまちりめん》で地味に装っているが、嫣然微笑《えんぜんほほえ》んだ白い貌《かお》は、見たこともない幽霊などよりもずっと恐ろしい。その体から、心なしか線香の匂いが漂

っているとなればなおさらだ。

「い、いいんですか、喪主で内儀《おかみ》の貴女がこんなところに出向いたりして……」

「葬儀の日……いえ、お通夜の晩からずっと、喪主席に座り続けてたんですよ。昨日でやっと四十九日も済んだんです。少しくらい息抜きしたって罰は当たりません」

「ここへ、息抜きにいらしたんですか？」

「いいえ、お話を伺いに——」

言いながら、富由は意味深に唇を弛《ゆる》めて微笑む。

「話って……」

「あの夜、主人となんの話をなさいました？」

「隣の部屋で盗み聞きしたんじゃないんですか？」

「そりゃあしましたけど、殆《ほとん》ど聞こえませんでしたよ。……承知の上で、わざと小声で話してらしたんでしょう」

「招かれざる客が、大声で歓談するわけにはいかないでしょう」

「それで、主人は、己が盗賊あがりだと認めましたか？」

「そんなこと、もうどうでもいいんじゃないんですか。本人、死んじゃったんだから」

「死んだからって、罪が消えるわけではないでしょう」

「え？」

「若い頃さんざっぱら悪事を働いていたくせになんの償いもせずに勝手に死ぬなんて、よっぽど罪深いじゃないですか」

手厳しい言葉を口にする切れ長の富由の瞳が妖しく光る。

「ご主人に償いを……させたかったんですか？」

「さあ……私には関わりないことですけどね」

「じゃあどうして、本人に認めさせろ、なんて言ったんです？」

「取り引きの材料にしようと思っただけです。主人と交渉するための材料に――」

「交渉？」

「ええ、あの忌々《いまいま》しい庄二郎を完全に勘当して、金輪際《こんりんざい》《多嶋屋》の敷居は跨がせない、って約束をとりつけるためにね」

「そういや、庄二郎はどうしてるんです？《多嶋屋》の身代については、おとなしく引き下がるとも思えませんが」

「それが――」

言いかけて途中で止め、富由は声を漏らしてクスッと笑う。

「九右衛門が亡くなる少し前、金蔵の金を盗むために与太者を雇って忍び入ったのです。たまたまその夜はお町の旦那の巡回にあたってて、あっという間にお縄になりました。悪いことはできないものですね」

「それで、庄二郎は?」

「一緒にお縄になりましたよ。今頃は小伝馬町《こでんまちょう》の牢の中です」

「………」

(忠さんと私が九右衛門の寝所に忍び入った晩、捕り方が駆けつけてきたのはそのためか?)

東次郎はぼんやり思案した。

富由は、なんらかの手を使って町方を籠絡し、夜間多めに店の周辺を巡回させるように仕向けたのだろう。何事も周到な富由のことだ。或いは庄二郎が盗みに入った晩には予《あらかじ》め待ち伏せさせていたのかもしれない。

「怖い人だな」

「冗談じゃありません。いくらお金が欲しいからって、よりによって自分の家の金蔵を狙うようなろくでなしにかける情けなんてあるわけがございませぬ」

「それは……」

「それを知った九右衛門の病状は急に悪化して……実の息子がお店のお金に手を出そうだなんて、そりゃあ、無念でしょうね。まあ、育て方を誤ったのですから、親の責任でございましょうが」

富由の言葉はどこまでも冷ややかであったが、否定の余地はなかった。

東次郎が気鬱《きうつ》げに黙り込んでいると、

「ところで、もうお店を閉めませんか？」

富由はふと顔つきを改めて問いかける。

「え？」

「少し前から見ておりましたが、店を訪れる者はおろか、足を止める者さえおりませんでした。これでは開けておいても、仕方ないでしょう」

「………」

ずけずけと言われて、東次郎は当惑した。

「もっとも、外に供の者を立たせております故、番頭さんが急に戻ってこられても心配はありませぬが」

（やっぱり、忠さんの留守を狙ってきやがったんだな）

東次郎は確信した。

そして、店の外には信頼できる供とやらが見張りをしていると言う。

（見てみたい）

という欲求にかられぬこともなかったが、もし覗き見て、そこに仁王のような面構えの大男が鬼の形相で佇んでいたりしたら、と想像すると到底覗き見ることはできなかった。そんな者と、万が一目があったりしたら、それだけで殺されてしまうかもしれない。

「東次郎さんは、九右衛門…いえ、《曳舟》の仙三一味に押し込まれてすべてを失ったお店の忘れ形見なのでしょう？」

なんの遠慮会釈も忖度もなくズバリと切り込んでくる富由に、東次郎は忽《たちま》ち圧倒された。

「違いますか？」

「いや、それは……」

圧倒されると同時に、逡巡した。

いまここで、富由に対して己の正体を明かしてよいものか。東次郎の正体が知れるということは、即ち忠蔵の正体も知れるということだ。二人の正体が知られてしまえば、更にその先――彼らの裏の顔まで知られてしまうかもしれず、そうなれば、なし崩しに卯之吉と伊助の役割も明らかとなる。

東次郎を含めて彼の周辺が隈無《くまな》く暴かれることになる問いに対して、そう簡単に答えられるわけがない。たとえ、既にすべてを知られているとしても、懸命にしらを切るべきところであろう。

(早く帰ってきてくれよ、忠さん)

心の底から東次郎が願ったとき、

「もう、腹の探り合いはやめて、本音でお話ししませんか？……少なくとも、私はそうさせていただきます」

東次郎が知っているこの女とは別人のように捌《さば》けた口調で富由は言った。

「《多嶋屋》の身代をそっくり奪うという本懐を遂げたので、もう思い残すことはないというわけですか」

「まさか！」

短く否定してから、

「そう単純な話ではありませぬ」

富由は淡く微笑んだ。これまた、東次郎の知る妖しく艶《あで》やかな笑みではなく、淡く儚《はかな》げな笑顔であった。

「牢に入れられたといっても、庄二郎が九右衛門の子であることに変わりはありませぬし、肝心の盗みは未遂に終わっておりますから、仮に罪に問われたとしても、せいぜい遠島《えんとう》が関の山。死なぬ限りは、何れ《いず》戻って参ります」

「確かに――」

「島で苦労をして帰ってきたら、手強《てごわ》くなっているかもしれませんし、悪い仲間を引き連れているやもしれませぬ。……そりゃあ私は、これまで巧く立ち回って奉公人たちを手なずけ、九右衛門の親類縁者とも波風立てぬようにしてまいりましたが、中には、赤の他人で子も産んでいない私をよく思わぬ者もいる筈です。そうした者には、『あなたの子を、何れ養子に貰い受けようと思っております』と甘言を弄したりして……」

「随分とご苦労なさっておられますね」

「ええ、貧乏旗本のゆき遅れには、帰れる家など何処《どこ》にもありませぬ故――」

富田は依然として淡く微笑み続けているが、その微笑は、最早《もはや》東次郎にとって恐ろしいものではなかった。

それ故少しく安堵したのだろう。

至極自然に、言葉が口をついて出た。

「何故私が、盗賊に押し入られてなにもかもなくした家の子だとお思いになられました？」

「それ以外に、あなた様があの簪《かんざし》に目の色を変える理由がありますか？　あれは、盗賊に奪われた思い出の品なのでございましょう？」

「私はそれほど目の色を変えておりましたか」

「ええ、とても――」

小さく肯いてから、富由はまた小さく声をたてて笑った。

「いきなり初対面であのご様子は……ただごとではございませなんだ」

「そんなに？」

「はい」

「そんなにか……」

東次郎は些か落胆した。

己の本心をひた隠し、決して気取られぬように相応の修練は積んだつもりでいたのに、いざ『藤桜』を目にした途端、そこまで狼狽えていたとは。

（私も、まだまだだな）

思うとともに、

「まさか、そんなに顔に出ていたとは夢にも……」

東次郎は思わず呟きを漏らしたが、

「嘘でございます」

富由は、あっさり言葉を覆《くつがえ》した。

「嘘？」

「貴方様は、私の髪に挿さった錺《かざり》簪をひと目見た瞬間確かに顔色を変えられましたが、あの簪はひと目見てわかる値うちもの故、しばし市中を歩けば一人か二人は、必ず目を留める者があるのでございます」

「それが？」

「そういう者たちと、あなた様の目つきは明らかに違っておりました」

「どう違っておりました？」

「簪を、ただ価値あるものとして崇《あが》めるのではなく……なんと言いますか、その…懐《なつ》かしんでおられるようでした」

「懐かしむ？」

「はい。……かつて、身近な女人……おそらく、お母上様が挿しておられた品なのではないかと――」

「そのとおりです」

とは言わず、東次郎はただ無言で目を伏せた。

三十年ものときが経てば、母の顔すら忘れてしまう。あの夜の出来事なら、斬られた奉公人の断末魔の悲鳴一つ一つにいたるまで覚えているのに、在りし日母がその簪を髪に挿していた姿を、東次郎はろくに思い出せなかった。

思い出せもしないことを、懐かしがるなどあり得るのだろうか。

東次郎の心中をすべて察したわけではあるまいが、なにか感じ取ったらしく、富由もまたしばし口を噤み、彼から発せられる言葉を根気よく待った。

三

「あの女が来たんですか?!」

忠蔵の反応はほぼ東次郎の予想どおりだった。

「なんで店に入れたんです！」

鬼の形相で、予想どおりの怒声を放つ――。

「なんでって……」

だが、いつもながらに理不尽なその怒りは、東次郎を当惑させた。

「入れるもなにも、断りもなく勝手に入ってきたんだよ。そもそも、私に店番なんかさせたのが悪いんだよ」

「仕方ないでしょう。昔、商いで世話になった恩人が病に倒れて明日をもしれねえってんですから。いまお見舞いに行っておかなきゃ、金輪際お目にかかれなくなっちまいます」

「伊助と卯之吉も外回りに行っちまうし……だったら、店なんか閉めとけばよかったんだよ。どうせ客なんか来ないんだから」

「旦那様！」

「あ、でも、いつぞや忠さんが店番してたときも勝手に入られてたよね。……あのときは、店先どころか家の中にまで入られちまった」

さもたったいま思い出したように東次郎が言うと、忠蔵は忽ち顔色を変える。

「そ、それは……」

「ああ、いいよ、いいよ。しょうがないよね。相手は九尾《きゅうび》の狐だ。まんまとしてやられてもしょうがないよね。誰にも止められやしないよ」

「…………」

そのときの屈辱がありありと脳裡に浮かぶのか、忠蔵は思わず目を閉じ歯嚙みする。

（あんまり虐《いじ》めすぎてもよくないな）

忠蔵の様子を注意深く観察しながら東次郎は言葉を継いだが、

「それに、今日は忠さんの留守を狙ってきたんだよ。忠さんのことは強敵だと認めてるんだよ」

「なんだか、妙に楽しそうですね、旦那様」

忠蔵はつと真顔に戻って冷ややかに東次郎を見返す。

「え？」

忠蔵の指摘に、東次郎は再び当惑した。

「久しぶりに女の顔が見られて、ようございましたな」

「な、なに言ってんだよ。おかしなこと言いなさんな」

「久しぶりのことでさぞや話もはずんだのでしょうな。それで、すっかり意気投合したってとこですかね？」

「な、なに言ってんだい。そんなわけないだろ。あんな毒婦、到底私の手には負えないよ」

「私に言わせりゃ、旦那様も立派な化け物ですよ」

「え？」

忠蔵の口調はいつにもまして辛辣だった。

忠蔵は忠蔵で、楽しげに己を揶揄する東次郎の中に、なにかを感じとったのだろう。

三十年来の仲は矢張り侮れない。

「私のどこが化け物だって言うの？　聞き捨てならないね」

「まあ、いいですよ。それで、どこまで話したんです？」

忠蔵はあっさり話題を変えた。

深くは追及しない。飽くまで軽く釘を刺すにとどめておく。あまり執拗に追求しては東次郎は本気で弁解をはじめ、話自体が逸れてしまうからだ。

「どこまでって……」

「旦那様が、かつて《曳舟》の仙三一味に押し入られて二親《ふたおや》を殺された《井筒屋》の若旦那だってことは、あの女は承知してるんですよね？」

「いや、さすがにそこまでは……ただ、九右衛門が盗賊だった頃襲ったお店の生き残りだろうとは思ってるらしい」

「そこまでわかってりゃあ、じきに身元も割れますよ」

「身元が割れても、別に困ることはないさ」

事も無げに東次郎は言い、破顔《わら》った。

「どうしてそう言い切れるんです?」

「お富由は、九右衛門の過去を楯にとって邪魔な庄二郎を勘当させるつもりだったが、その前に九右衛門は死んじまった。さしもの毒婦も、当分は己のことだけで手一杯らしいよ」

「まあ、小伝馬町の牢に入ってるといっても、死罪にはなりそうにないですからね」

「けど、遠島くらいにはなるだろう。遠島じゃ、死なない限り、戻ってきちまうってお富由は案じてるけど、存外あっさり死んじゃうんじゃないの? 甘やかされて育ったバカ息子に、島の過酷な暮らしが耐えられるとは思えないなぁ」

「それは送られる島にもよりますね」

落ち着いた声音で忠蔵は言う。

「どういうこと?」

「大抵の島は水が悪いんですよ。井戸水は殆どが海水で、貴重な真水が囚人の口に入ることはない。……けど、地獄の沙汰もなんとやらで——」

「金でなんとかなるってことかい?」

「金でなんとかなるようなゆるい島に送られれば、金次第で生き延びられるでしょうよ。金の力が通用しない厳しい島なら、一月《ひと》ともたずにお陀仏ですが」

「なるほどね。お富由もそれを案じているわけか。……怖いほど慎重な女だな」

「そりゃあそうでしょう」

　毛ほども表情を変えずに忠蔵は言った。

「《多嶋屋》に嫁いで六年。高齢の九右衛門とのあいだに子ができねえことくらい、はなからわかってたでしょうから、《多嶋屋》の身代めあてに嫁いだことはまわりにも知られてた。そんな中で、奉公人たちの信頼を勝ち取り、女主人として認められていったんです。言動には細心の注意を払ってた筈だ。一言でも、庄二郎を悪く言ったりすれば、忽ちその信頼を失うことになる。慎重にもなりますよ」

「忠さん……」

　東次郎の口から思わず感嘆の吐息が漏れた。富由を嫌っている筈の忠蔵が、まさかこれほど熱心に彼女を語るとは思ってもみなかった。

　しかも、忠蔵の言葉はなお続いた。

「いくら武家の出とはいえ、子を産んでねえ後妻の立場なんて、弱いもんです。そもそも商売のいろはも知らねえ武家女に、そう簡単に店を任せるとは思えない。風当たりは相当強かった筈です。……どれだけの苦労をしていまの立場を得たのか、私にも見当がつきませんが、それほどの苦労をしてるんですから、ここは是非とも本懐を遂げねえと――」

（本懐、か）

如何にも武家の出身らしい忠蔵の言葉に束の間感心してから、

「そうそう、うっかり忘れるとこだった」

東次郎はふと思い出したように言った。

「なんです？」

「お富由が今日店に来た理由だよ」

「それは、……旦那様と、九右衛門が死んでからの積もる話をするためでは？」

「まさか。いまも言ったろ。《多嶋屋》の後家はそんなに暇じゃない」

「じゃあ、なんですよ？」

「お富由は、九右衛門が死んで、それで気が晴れたか、って私に聞いたんだ」

「どういう意味です？」

「だから、てめえで仇《かたき》を討たなくてもいいのかって、ことさ」

「仇を討ちたくても、もう死んじゃったんだから仕方ないでしょう」

「頭の仙三は死んでも、あの晩一緒に押し込んできた大勢の手下は生きてるかもしれない。それに、もし存在するなら、黒幕とやらも……」

「あの女は、そこまで知ってたんですか？」

「いや、多分、そこまで詳しくは知らないと思う」

「それで、女はどうしろ、って言ってんです？」

「生前の九右衛門が、商売抜きで親しくしてた男のことを教えてくれた。もしかしたら、盗賊の頃の手下かもしれない、って」

「なんでわかるんです？」

「商売が違うのに屢々《しばしば》親しげに訪ねてきてはいつも長居をしてたんだってさ。他の古馴染みは大概商売のつきあいなのに、そいつだけ違う商売なのが気になったって――」

「一体誰なんです、そいつは？」

「《唐津屋》源兵衛」

「え？」

虚を衝かれて、忠蔵は一瞬絶句する。

「生前九右衛門は、《唐津屋》源兵衛と、親しくしてたんだってさ」

「ですが、源兵衛は、《出羽屋》さんの……」

「母違いの兄だ」

「じゃあ、《出羽屋》さんも盗賊あがり？」

「いや、《出羽屋》とは全くつきあいはないそうだ。紙問屋と内店組《うちだなぐみ》じゃ、つきあいがなくて当然だろう」

「じゃあ、なんで《唐津屋》とはつきあいが？」

「兄弟といっても、母親が違うんだ。一緒に育ったわけじゃないだろ」

「それはそうですが」

「源兵衛のほうが兄貴ってことは、源兵衛の母親と《出羽屋》の先代とは、庄右衛門の母親が嫁いでくる前からの仲ってことになる」

「そうとは限らないでしょう。庄右衛門の母親になかなか子ができなかったから、外に女をつくって、そっちに先に子ができちまったのかもしれない」

「だったら、源兵衛の母親を囲って、その息子を伺れ《出羽屋》に引き取るとかするもんだろ、普通――」

「わかりませんよ。庄右衛門の母親が嫉妬深い女で、妾を囲うことを許さなかったのかもしれません」

「いや、それなら女房に知られないようにこっそり囲うはずだよ。《出羽屋》ほどの大店の主人にできないわけがない」

「なにが言いたいんです?」

「捨てられたんだよ、源兵衛の母親は」

「捨てられた?」

「ああ、そうに違いないよ。あの二人、顔も全然似てない上に、庄右衛門のほうは抜け目ない中にも育ちのよさが感じられるけど、源兵衛のほうは完全に心の拗《ねじ》けた悪人だよ。親に愛されて育ったら、ああはならない」

「それは旦那様の勝手な偏見でしょう」

「偏見じゃない。事実だよ」

「源兵衛にだって、ほんの数えるほどしか会ってないでしょう。見かけが気にくわないからって、その言い草はあんまりです」

「じゃあ、怪しくないってのかい?」

「いや、怪しいとは思いますが」

「《出羽屋》の先代に捨てられた母子《おやこ》が、どんなに惨めな暮らしをしていたことか。……源兵衛が盗賊になったとしても不思議はないだろ」

「だから、そういう決めつけはよくないですよ」

「私の勘に、狂いのあったことがあったかい？」

と強い口調で問い返され、忠蔵はしばし言葉を失った。

無言で見返したその顔は、故のない自信に満ち溢れている。

「まあ、そう先走らないでくださいよ。じっくり調べてみますから」

宥《なだ》めるように忠蔵が言うと、

「調べてくれるかい。じゃあ、頼んだよ」

東次郎はあっさり納得し、

「ところで――」

ふと口調を変え、話題を変える。

「うちの子たちはこの数日外回りと称して早くから出かけてるみたいだけど、忠さんなにか聞いてるかい？」

「え？　あいつら、旦那様のご用で出かけてるんじゃないんですか？　私はそう聞いてますよ」

「…………」

忠蔵の眉間に険しいものが滲むのを見て、

(しまった)

東次郎は瞬時に後悔した。

忠蔵は頭が固い。口喧《くちやかま》しいのは東次郎に対してだけではない。伊助と卯之吉は言うに及ばず、丁稚の新吉《しんきち》に対してすら厳しい。

「畜生、奴ら示し合わせてなに企んでやがるんだ」

「なにも企んでなんかいないよ。遊びたい盛りなんだから、あんまり締めつけるもんじゃない」

「ですが、旦那様、甘やかしては奴らのためになりません」

「いいから、大目に見てあげなよ。悪いことするような子たちじゃないだろ、二人とも。辛い思いをしてきた子たちなんだからさ」

「だから、それが甘やかしてることになるんですよ！　隆にしても、奴の好き放題にさせて……なんで旦那様はそう若い者に甘いんですか！」

「なんでって言われても……」

東次郎は困惑して口籠もり、そのまま無言で後退《あとずさ》って忠蔵のそばを離れることにした。このままだと、忠蔵の本気の小言が己に向けられることになる。

「旦那様ッ！」

東次郎の逃げ支度を察したか、忠蔵の声音は一段と厳しさを増した。

四

ズッ……

ぎゃ！

シャッ……

ぎゅん！

鋼と鋼が、火の粉を散らしてぶつかり合う。

渾身の気合いとともに娘が打ち込む刃を悠々と躱《かわ》しつつ、

「やぁーッ」

「もっと力を抜け」

男は、娘の耳許で低く囁いた。

「嬢《じょう》は腕に力が入り過ぎだ」

言葉とともに、刀を持っていないほうの男の手が、刀を持った娘の腕を強く捉える。

「くッ……」

娘の満面が忽ち苦痛に歪みだす。

が、渾身の力で逃れ、再び刀を利き手に構える。刀は、脇差と同じ程度の長さだが棟のない諸刃であった。家に代々伝わるもので、忍び刀の一種であろう。

使いこなすには特殊な体技が必要となる。

もとより娘にもそれはわかっている。だから何度も身を翻《ひるがえ》し、構えを変える。変幻自在の構えだ。

「腕の力だけで振り回すんじゃない。もっと体全体を使うんだ」

言葉とともに、男は自ら手にした刀で娘に打ちかかる。同じく両刃刀だ。どちら側でも受けられるが、受けからそのまま攻撃に転じることも可能なのが両刃刀の強みであった。

「やッ!」

娘はつと足を止め、刃を一旋した。

ガン!

激しく撥ねられ、娘は小さく後退る。

「あッ……」

後退った先にやや大きめの石ころがあり、踵《かかと》が当たって思わず仰け反った。

「危ない！」

男は素早くまわりこむと、咄嗟に娘の腰に腕をまわし、抱き止める。

「勘次郎《かんじろう》」

娘は半ば戸惑いながら長身の男の顔をじっと見上げた。

「気をつけろ」

「…………」

サッと身を起こして勘次郎の腕から逃れつつも、娘——十五歳の富由は、男——勘次郎の精悍な顔から片時も目を離さなかった。

「今日はここまでだ」

「…………」

勘十郎の言葉に無言で頷き、富由は刀を鞘に納める。

「また明日、お願いするわ」

「何故そこまでして武術を身につけたい？」

同じく刀を納めつつ、背中から勘次郎は問うた。

「私は中川家の一人娘です。影目付のお役目を果たすには必要なことです」

「だが、貴女は女子だ。そのために、俺の父や俺がついている」

「あなたのお父上もあなたも、あくまで当家の下人《げにん》。私の婿にはなれない」

「…………」

「あなたにできるのは、私を助け、私の願いを遂げさせることだけです、勘次郎殿――」

「…………」

答えぬ勘次郎をその場に残して、若衆姿の富由は去って行く。一つに束ねた長い髪の毛先が、そのとき大きく翻るのを、束の間目を細めて勘次郎は見送った。凛として美しい後ろ姿であった。

生来あまり丈夫ではなかった中川家の当主・喜左右衛門《きざえもん》――富由の父が、加齢とともに病がちになり、床に伏せることが多くなった数年前から、富由は勘次郎に武術の稽古をつけてくれるようせがむようになった。

勘次郎の父は、表向き中間《ちゆうげん》として中川家に仕え、勘次郎も幼い頃から中川家で過ごした。四つ年下の富由とは幼馴染みの関係だ。

父が仕える主人の娘でありながら、富由は勘次郎を家来扱いはせず、幼い頃から兄のように慕ってくれた。

その頃の富由の可愛さは終生勘次郎の富由に対する想いとして彼の中にとどまった。

それ故、富由に頼まれれば、万難を排してその意に従う。

世間的には無役で小禄の中川家だが、何を隠そう、代々影目付と呼ばれる隠密の役を務めてきた。八代将軍吉宗《よしむね》が紀州《きしゅう》から伴った薬込め役が、その祖とも言われている。薬込め役は、直々《じきじき》に上様の御用を務める御庭番となったが、旗本・御家人の中に身を潜め、密かに務めを果たす影目付の役を仰せ付かった者もあった。

影目付は、現世の栄達などとはなんの関係もなく、ただ淡々と務めをこなす地味な役目だ。ときにはさまざまなところに潜入し、不正が行われているや否かを探る。

言うまでもなく危険を伴う役目であるため、武芸の心得がないよりも、できるだけあったほうがいい。

はじめて、

「私に武術を教えて」

と富由からせがまれたとき、正直勘次郎は当惑した。

「女子のあなたが、何故武術を？」

「影目付のお役目を全うするために決まっているでしょう」

「なにもあなたが自らやらなくても――」

「いいえ、私がやるのよ」

強い意識の籠もった富由の目を見た瞬間から、勘次郎は彼女に抗することができなくなった。

「私は、中川家の一人娘なのだから」

真っ直ぐな目で見つめられ、勘次郎の心は妖しく騒いだ。妹のようなものだとばかり思っていた幼い少女が、いつのまにか、魅力的な異性として勘次郎の心をとらえはじめていた。


「誰だ!」

(まずい、見つかった!)

踵《きびす》を返して富由は走った。

追っ手の人数はざっと五、六人。追いつかれたら、ちょっと厄介な人数だ。

懸命に走って逃げたが、追っ手も執拗に追ってくる。

「待てーッ」

中には声をかけてくる者さえあった。

(「待て」と言われて「待つ」馬鹿がいるわけないでしょ)

逃げながら、己の置かれた危機的状況も忘れて富由は面白がった。

どんな状況にあっても、若い娘にとっては危機感よりも面白さのほうが先に立つものだ。それ故富由は、

（それにしても、しつこいな）

懸命に走りつつも、同時にそれが億劫になってくる。

そもそもたいした探索ではなかった。

江戸の生まれ育ちである富由には、羽後岩崎《うごいわさき》藩という藩名すらも初耳であった。聞いたこともない東北の小藩の江戸屋敷にどういう人物が出入りしているかなど、どうでもよいことではないか。

「それも影目付の役目だ」

病床の喜左右衛門は厳《おごそ》かに述べたが、

（どうせ出入りの八百屋とか、中間部屋めあての提《さ》げ重《じゅう》くらいのものでしょうよ）

富由は心中密かに毒づいていた。

影目付の役を務めるようになってから、当然富由の品性は著しく下落した。普通に武家の暮らしをしていれば、旗本の娘が「提げ重」と呼ばれる娼婦の存在など知り得よう筈もない。もとより富由とてそれくらい承知しているから、間違っても口に出したりはしない。

実際羽後岩崎藩二万石の江戸屋敷は日々平安そのものであった。

（二万石というけれど、実高はせいぜい一万五千といったところでしょう）

岩崎藩邸に通いの下働きとして潜入した富由は、さまざまな観点からそう判断した。

これまで経験してきた役目の中でも、かなり容易な部類に属する役目であろうと思われた。

が、なにやら妙な白装束の一団が屋敷の脇門から入ってくるのを見るに及んで、富由の先入観は一掃された。

（なに、あいつら？）

笈《おい》を背負って錫杖《しやくじよう》を持ち、霊場巡りをするお遍路のような白装束を身につけた——山伏とお遍路が混ざったような男たちが総勢六名、藩邸内を我が物顔で闊歩している。

「あの方々は？」

富由は恐る恐る女中の一人に問うてみた。

「奥方様のお客だよ」

ひどく憎々しげな口調でその中年の女中は答え、続けて、

「穀潰《ごくつぶ》しのろくでなしどもさ」

と言い切った。奥女中にしては些か口が悪すぎる気がしたが、国許ではなく江戸で採用された者であれば、古参であっても、藩主や奥方への忠誠心も希薄なのだろう。

江戸で武家奉公をしようと思ったら、ものを言うのは家柄でも本人の人柄でもなく、金と、根回しのできる人脈だ。岩崎藩程度の小藩なら、市井《しせい》の口入れ屋が入り込む余地も大いにあった。大藩なら、古参の者を大勢国許から呼び寄せるから、余所者《よそもの》が入り込める余地は少ない。陣屋しか持たぬ小藩であれば、そもそも国許で召し抱える者の数も少ないため、大抵現地採用となる。

「何故そのような者どもが、藩邸に？」

「仕方ないよ。奥方様が呼び寄せるんだから」

「奥方様が？」

奥方様とは、言うまでもなく藩主の正室のことだ。

「見ててごらん、そろそろご祈禱がはじまるよ」

「ご祈禱？」

「お世継ぎ誕生祈願のご祈禱だよ」

「では、殿様には未だお世継ぎが？」

「それが、国許には側室の子がいるんだってよ。このままご正室にお子ができないと、側室の子がお世継ぎに決まってしまうから、って……必死なんだよ奥方様も――」

「そう…でしたか」

女中の語気にやや気圧《けお》されつつも、富由は納得した。

お世継ぎの男子を産めるかどうかは、大名家の正室に限らず、武家の妻にとって一大事である。

中川家のような貧乏旗本であっても、男子を産めぬ妻は離縁せよ、などと心ないことを言う者もあり、富由の母は辛い思いをさせられた。もとより、当主以外に影目付という職務を知る者はいない。唯一それを知る喜左右衛門は誰よりも跡継ぎの男子が欲しかったであろうが、富由の母と添い遂げ、母亡き後も他の女に手をつけるということをしなかった。

富由が女子の身で影目付の任に就こうと思ったのも、そんな父に報いたかったからかもしれない。

(それにしても……)

富由は謎の男たちが姿を消した先へ視線を向けた。

「あんな怪しげな者共《ものども》を招き入れるなど……」

富由がつい口走ると、

「まったくね。どこからどう見たって食い詰めた乞食坊主だよ」

女中は大いに同意した。相手を、昨日今日通うようになった下働きと侮り、気を許しているのか。将又《はたまた》、元々そういう性格なのか。

ともあれ富由は、謎の白装束たちが入った部屋をこっそり窺った。

低く漏れ聞こえる般若心経を辿って行くと彼らの居所はすぐに知れた。

薄く障子を開いて覗き見ると、中は仄暗い。明かり取りの窓に布を張ってわざと暗くし、燭《しょく》を灯《とも》しているのだった。

(なに、この妖しい感じは？)

経を読んでいるのは二人ほどで、あとの四人はなにやら怪しい動きをしている。

(何れインチキ宗教の似非《えせ》坊主であろう)

騙《かた》りの類は、いつの世にも現れる。

「うっ……うぅ」

「あぁぁあーッ」

火影の下、密かに蠢《うごめ》くものがある。

その動きが、なにかを連想させたとき、蠢く男たちの体の下に、白い女の裸身が見えた。

（あ！）

なにをしているかを瞬時に覚り、さすがに狼狽したのだろう。驚きの声は心の中でだけ発したつもりだったが、うっかり漏れていたのかも知れない。

「誰だ！」

咎められ、慌てて逃げ出したが、護衛の武士に追われる羽目に陥った。辛うじて屋敷の外へ逃れてからも、追っ手の追跡は執拗に続いた。

すっかり疲れて、それ以上走るのがいやになり、

（ここで捕まったって、殺されるとは限らないし……上手《うま》く言い逃れられるかもしれないし……）

と思った瞬間、あらぬ方向から不意に腕をとられ、強く引き寄せられた。

（え？）

驚く暇もなく、富由の体がふわりと宙に浮く。

腕を摑まれ、引き上げられたのだが、我が身に何が起こったのか、理解するのにしばしのときが要った。

理解した次の瞬間、富由は隣家の屋根の上にいた。

大名小路の中にも、小さな武家は点在している。

折しも薄暮の中、目指す相手が急に姿を消したことにも気づかず、追っ手はどこまでも先へと進んでいった。

「死にたいのか？」

その背をぼんやり見送りながら、耳馴れた男の声音で耳朶に低く囁かれる。

「勘次郎」

「一度逃げると決めたら、最後まで逃げろ」

「………」

富由は無言で勘次郎の肩に腕をまわして縋り付いた。

「ったく、女の身で、無茶も大概にしろ」

「勘次郎がいてくれるから」

勘次郎の耳に低く囁き、まわした腕に力をこめた。

勘次郎は内心の動揺をひた隠しつつ、無表情に富由の体を支え続けた。

(女子のくせに、大胆すぎる……)

勘次郎が内心呆れ返るほど、富由の働きは目覚ましかった。

武芸の才は人並みなものであったが、兎に角己の身を護れる程度には上達したので、務めを果たすには充分だった。

なにより、常に勘次郎が見守っている。

しかし、如何に目覚ましく働こうとも、影目付としての富由の務めは喜左右衛門の死とともに終わる。どれほど優れていようとも、女が家督を継ぐことはあり得ぬからだ。

（そうなれば、富由様は嫁にゆくしかないな）

何れにせよ、己のものになることはない。それでも、己の命ある限り富由を護りたいという勘次郎の気持ちに変わりはなかった。

五

（富由様）

《多嶋屋》の屋号を染め抜いた浅葱《あさぎ》色の暖簾《のれん》の奥へと消えて行くそのひとの背をいつものように見送りながら、勘次郎の胸はいまにも張り裂けそうだった。

一体、いつまで――いや、どこまで行けば、すべてが終わるのか。

（あなたの安寧だけが、私の望みです）

祈るような思いとともにその背に願い、勘次郎は浅葱色の暖簾に背を向けた。

父親の喜左右衛門に代わって密かに影目付の役を担っていた富由は、いつしかゆき遅れと呼ばれる年齢に達していた。

跡継ぎの男子も婿もいない以上、喜左右衛門の死とともに、中川家は廃絶となる。家がなくなれば、必然的に影目付の役目も終わる。

(仕方ない。すべては世の定めだ)

家が廃絶となり、影目付の役目を失った富由が路頭に迷ったとしても、どこまでも彼女を護ると決めていた。

だが、勘次郎がいくら願っても、富由に安寧の日が訪れることはない。

ましてや、《多嶋屋》に嫁いでからは、以前にも増して修羅の日々であった。

喜左右衛門の死と前後して、唯一申し込まれ富由への縁談が、《多嶋屋》九右衛門からのものだった。

「老い耄《ぼ》れに嫁《とつ》いで、身代をそっくり我がものとするか?」

「悪くないわね」

勘次郎には笑顔で答えつつも、富由自身は、そのことにさほど興味はないようだった。

ただ、

「嫁いでくれれば、親類縁者の中で跡取りになる者を見つけ、家を残すことに力を貸してもいい」

という九右衛門の申し出には魅力を感じているようだった。

そもそも婿の来手もなかった廃《くさ》れ旗本だ。親類縁者の中にだって進んで跡継ぎになりたい者などいるわけもないが、九右衛門は暗に、そこは金にものを言わせてもよい、とにおわせていたのだ。

当然、各方面への根回しもしてくれることだろう。

（中川の家が残るのであれば……）

九右衛門にもなにか魂胆があってのことだろうが、それでも富由にとっては有り難い話であった。

もとより、九右衛門が手を回して残した中川家は、最早富由とは縁もゆかりもない家だ。影目付の役目も、喜左右衛門の代で終わる。あとに残るのは正真正銘捨て扶持で食いつなぐ無役の貧乏旗本だけだ。

（いざというとき、帰れる実家もないのなら、矢張り身代はいただくべきでしょうね）

嫁ぐ日が近づいてくるにつれ、富由の考えも次第に変わっていった。

（いえ、絶対にいただく）

それが決定的になったのは、富由が《多嶋屋》への輿入れを決めた直後のことである。

何処の誰とも知れぬ破落戸《ごろつき》どもに路上でからまれ、辱《はずかし》められそうになったのだ。

もとより、富由には己の身を護る術があったから難無く撃退できたが、後日勘次郎の調べによって、破落戸を雇ったのが、九右衛門と先妻との子である庄二郎だとわかった。

既に四十を過ぎた先妻の子・庄二郎の存在は無論富由も知っていた。成人に達した我が子がありながら、己の老齢も顧みず後添いを娶ろうというのは、庄二郎が跡継ぎに値しない者であるからに相違なかった。

吉原に流連《いつづけ》などはまだ可愛いもので、素人娘に手を出しては親に訴えられたり、博打《ばくち》で借金を作ったりと、素行の悪さは数えあげたらきりがなかった。

「どうする、後顧の憂いを断つなら、いまのうちに始末しておくが？」

勘次郎の問いに、だが富由は笑顔で首を振った。

「ああいう奴は生かして上手く使うに限るわ。殺す気になれば、いつでも殺せる」

富由の言う庄二郎の使い途《みち》とは、庄二郎に好きなだけ非道な真似をさせ、前妻の子の不当な嫌がらせに健気《けなげ》に堪える後添い、という事実を殊更周囲に印象づけることだった。

兎角《とかく》世間の口などいい加減なものだ。ゆき遅れとはいえ、祖父のような歳の老爺《ろうや》に嫁ぐなど、身代めあてと思われて悪印象を持たれ、「悪女」だ「毒婦」だと謗《そし》られるが、実際に嫁いでみれば評判の悪い若旦那から徹底的に虐められる。一言の文句も言わずそれに堪えている姿を見れば、世間など忽ち手のひらを返す。悪女、毒婦の声はすっかりなりを潜め、老いた夫に能《よ》く仕える貞女という評判があがることになる。

不特定多数の世間がそうである以上、身近な者たちなど、もっと容易い。なにしろ、毎日目《ま》の当たりにしているのである。

お店の奉公人たちが富由に同情し、やがてすっかり心酔するまで、さほどのときを要さなかった。

事あるごとに富由に暴言を吐き、部屋に蛇を放つような幼稚な嫌がらせを重ね、富由が店に出ているときには与太者を雇って襲撃させたりもする愚劣な庄二郎を、周囲の者は憎み、それまで以上に軽んじるようになった。

部外者である東次郎と忠蔵が案じるまでもなく、いまや《多嶋屋》における富由の立場はどこから見ても盤石であった。

庄二郎が遠島から戻ってくるのが心配だと口では言ったが、そのときこそ、始末すればいいだけの話だ。生かしておいても害になるだけで、最早利用価値はない。

（長かった。……数えてみれば、たったの七年なのにね）

富由には富由なりの達成感もあったが、まだ足りない。ここからが肝要なのだ。

二十五で嫁ぎ、今年で三十二になった。例えば古稀《こき》まで生きるとすれば、あと三十八年。それらの年月を何者からも害されず、気儘な生涯を送ってこそ、勝ったと言えるだろう。

（そのためには……）

もっともっと、己の周囲を味方で固めなければならない。

謀略を用いて、古参の奉公人には何れ全員暇をとらせる。九右衛門の親族は尽《ことごと》く始末する。すべては、《多嶋屋》の身代を未来永劫我がものとするためだ。

それらを成し遂げてこそ、富由は見事本懐《ほんかい》を遂げたことになる。

（本懐を……必ず成し遂げてみせる）

九右衛門の位牌に手を合わせながら、決意を新たにするのだった。

第三章　明けない夜

一

《唐津屋》源兵衛の過去は、ほぼ東次郎が想像したとおりのものだった。

源兵衛の母と《出羽屋》の先代とは、庄右衛門の母が嫁《とつ》いでくる以前からの仲で、婚儀の頃には既に源兵衛が生まれていたらしい。

大店《おおだな》の主人であれば、外に女を囲ったり、囲った女に子を産ませるのも珍しい話ではない。母子ともに面倒を見るのが甲斐性のある男とされ、外腹の子を本家に引き取る者も少なくない筈だ。

が、源兵衛が《出羽屋》に引き取られた形跡はなく、庄右衛門と源兵衛が兄弟だということも、周囲には殆《ほとん》ど知られていないようだった。

「隠してるんでしょうかね？」

「隠してるなら、何故《なぜ》私には明かしたんだろう？」

「そりゃあ、秘事を明かして、旦那様の信頼を得るためでしょうよ」

「ふうん」

いつの間にか、東次郎の主張する《出羽屋》悪人説を受け入れはじめているらしい忠蔵のしたり顔を東次郎は改めてじっと見つめた。

隠し部屋の仄暗い明かりの中では、互いの表情を見ればその心中まですっかり見透かせる気がするから不思議である。

「で、調べてみてなにがわかったの？」

身を乗り出し気味に、東次郎は問う。

「源兵衛の母親は深川《ふかがわ》の芸者あがりで、《出羽屋》の先代とは半玉《はんぎょく》の頃からの馴染みだったようです」

「そんな昔のこと、よくわかったね」

「そりゃあ、まあ、商売と同じで、こういう調べものも人脈がものを言いますからね」

チラッと歯を見せ、満更でもない顔をしてみせてから、

「それで、なまじ長い馴染みだったもんで、何れ《いず》は《出羽屋》のご新造にしてもらえ

ると思っちまったんでしょうね」

　忠蔵は再び話を元に戻す。

「庄右衛門の母親は《出羽屋》と同じ内店組《うちだなぐみ》の老舗《しにせ》の娘でしたから、まあ政略的な縁組だったんでしょう。……けど、源兵衛の母親にとっちゃ面白くありませんや。芸者をやめて、子まで産んだんですからね。それが原因で、二人の仲はどんどん悪くなっていったようです。で、結局源兵衛の母親は先代とは切れて、別に男を作って江戸を離れたようです」

「源兵衛は？《出羽屋》の先代は源兵衛を引き取らなかったんだろ？」

「ええ。可哀想に、父親からも母親からも捨てられたようですね」

「捨てられた？」

　東次郎はさすがに眉を顰《ひそ》める。

　男と女は情が通わなくなれば所詮他人だが、子供は別だ。嫁を貰ったばかりで体裁は悪かろうが、《出羽屋》の先代は我が子を引き取るべきではないか。

「まだ、十になるかならぬかって頃でしょうね。捨てられたガキがどうなるかは、旦那様にもよくおわかりでしょう」

「生きてくために、なんでもする。盗みでも、なんでもね」

「それで、盗賊の一味に入ったんでしょうね」

「一味が、十かそこらの子供を仲間に引き入れるかね？」

東次郎が少し首を傾げると、

「引き入れますよ。ちょっと目端の利く子なら、引き込み役として重宝しますからね」

忠蔵は自信満々に答えてのける。

そのあたりの情報源は、矢張り幼馴染みの火盗《かとう》の与力であろうか。

「引き込み役って？」

「狙ったお店に丁稚《でっち》として送り込むんです。子供なら、疑われませんからね」

「私も、忠さんに助けられてなかったら、盗っ人一味の引き込み役になってたのかな」

「なに言ってんですか」

東次郎の無駄口を鼻先で軽く嗤ってから、

「一坊がいなかったら、私は今頃大盗賊の親分ですよ」

忠蔵は豪快に笑いとばした。

話が逸れるだけならまだしも、湿っぽい方向にはいってほしくない。

湿っぽい話になると、東次郎はまたぞろ昔を思い出してしまうだろう。なにしろ、いま話題にのぼっているのは彼にとっての仇《かたき》の話にほかならないのだ。

「源兵衛は……その頃は違う名だったでしょうけど、《曳舟》の仙三から、相当可愛がられてたんでしょうよ。それこそ実の息子も同然に。だからこそ、堅気になってからも親交が続いたんですよ」

「足を洗った盗賊は、己の前身が露見することを恐れて、昔の仲間とは一切関わらぬようにすべきなのに、九右衛門は、危険を冒してまで源兵衛と親交し続けた。どうしてそんなに、源兵衛のことが可愛かったんだろう？」

「さあね。私には子供がいないのでわかりかねますが……」

至極真っ当な東次郎の疑問に、忠蔵は躊躇《ためら》いつつも、

「しょっ中、顔が見たかったんじゃないですか。親は、子供の顔さえ見られたら安心するそうですから」

己の想像を率直に告げてみる。

「九右衛門には、庄三郎という実の子もいたのに、赤の他人の源兵衛のほうが可愛かったっていうのかい？」

「普通は歳をとってからの子は可愛いものだといいますが、九右衛門の場合はどうや

ら違ったようですね。甘やかされたろくでなしの馬鹿息子より、苦楽をともにした昔の仲間のほうが、気心が知れてるぶん、離れがたかったんじゃないですかね」

「そんなにいい話なのかな」

東次郎の声音が、そのとき驚くほど冷えていたことに、忠蔵は内心戦《おのの》いた。

改めてその表情を窺うと、最前までとは別人のように険しいものと化している。

「大方、嚇されて、金でも無心されてたんじゃないのかい？」

「え？」

突き放すように冷たい東次郎の言葉に、忠蔵は更に戦く。

「どっちも盗っ人の悪党じゃないか。他人様《ひとさま》の命や財を奪い取っても、少しも心の痛まぬ鬼畜同然の輩《やから》だよ。そんな奴らに、人の情なんてあるもんか」

東次郎が、更に冷ややかに言い放つに及んで、忠蔵にも漸《ようや》く彼の心中が察せられた。

（そりゃあ、そうだよな）

察すると同時に、仇だとわかった上で《多嶋屋》と《唐津屋》の調べをおこない、些《いささ》かの手柄顔でその成果を告げていた己の迂闊さを激しく悔いた。

「まあ、そういうこともあるでしょうな」

曖昧な同意を示したのは、急に態度を変えて、東次郎を刺激したくなかったからだ。

盗賊に入られて家族を皆殺しにされた家の子である東次郎が、盗賊全般を憎むのは当然だ。ましてや、九右衛門も源兵衛も、直接の仇なのだ。生々しい憎悪が湧くのも当然であった。

己の両親を殺した奴らが、その後も親しく連《つる》んでいたなど、不愉快以外のなにものでもないだろう。

(私としたことが、なにを浮かれてたんだ)

忠蔵が激しく己を恥じたとき、東次郎は冷ややかな表情のまま、

「そうか、引き込み役か。……源兵衛の野郎、さてはうちにも引き込み役で入ってやがったのか」

密やかに呟いた。

「いや、それはないでしょう」

忠蔵は即座に否定した。

「どうして?」

「源兵衛の歳は、おそらく私と同じくらいでしょう。だとしたら、《井筒屋》を襲った当時はもう十七、八にはなってた筈です。丁稚に入れる歳じゃありません」

「丁稚じゃなくたって、入れるだろ」

「いえ、《井筒屋》では、新しい奉公人を雇うとき、必ず丁稚から雇い入れておりましたので、中途半端な歳の者を雇うことはあり得ません。丁稚から勤めなきゃ一人前の商売人にはなれない、というのが旦那様の持論でしたから」

「じゃあ忠さんは？　忠さんがうちに来たのは、その中途半端な歳の頃じゃなかったっけ？」

「私の場合は旦那様との伝《つて》があったからですよ。商売のことも、それ以前に旦那様から教わってましたからね」

「ああ、お侍あがりは特別扱いだったね」

「一坊ッ！」

その言い草のあまりの憎々しさに、忠蔵は思わず声を荒げかけるが、

「しかしまあ、あれだけいやな面《つら》とガキの頃に出会《でくわ》してたら、さすがに覚えてるかな」

涼しい顔で東次郎は言い、自ら淹《い》れた茶碗の茶をひと口含んだ。憎まれ口はきいたが、忠蔵を怒らせることは東次郎の本意ではない。

「でも、案外向こうは覚えてるかもしれないね。……だから飛鳥山で話しかけてきたのかな？」

「覚えてるわけないでしょう。仮に覚えてたとしても、旦那様は、すっかり面変《おもが》わりしてますよ」

湧きかけた怒りを堪えて忠蔵は言い返し、

「そんなに面変わりしてるかな？」

東次郎は涼しい顔で肩を竦《すく》めた。

怒りを露わにしたかと思えば、忽《たちま》ち冷めて無関心な表情になる。相変わらずだ。

少しの間をおき、

「ところで、九右衛門は、源兵衛が《出羽屋》の子だと知っていたのかな？」

ふと思いついたかのように発した東次郎の問いに、

「知らないでしょう」

忠蔵は即答した。

「どうして？」

「源兵衛が言わなきゃ、知り得る術はありません」

「だから、どうして源兵衛は言わないの？」

「てめえを捨てた本当の親より、拾ってくれた親代わりのほうがずっと大事に思えるもんでしょ。だったら、余計な話をして、なにもわざわざ親代わりの恩人を不愉快にさせることはない」

「なんで実の親の話をすると、育ての親が不愉快になるんだい？」

「不愉快じゃないにしろ、面白くはないでしょう」

「だったら余計話すんじゃないのかい」

「え？」

「育ての親の歓心を買うためにさ。己の出自を話して、一緒に、憎い実の親のお店を襲いませんか、とか持ちかけるのもありだろう？」

「そう簡単にはいきませんよ。《出羽屋》くらいの老舗になると、盗賊対策は万全です」

「対策って、なに？　用心棒百人雇ってる？　それとも、火盗改にでも鼻薬嗅がせて腕のいい同心や与力に常時見張らせてる？」

「鍵ですよ」

「鍵？」

「なんでも、《出羽屋》では、金蔵の鍵を南蛮《なんばん》渡りの特別なものにして、それも毎年新しいのに取り替えてるそうです。錠前破りが漸《ようや》く開けられるようになった頃には別のに取り替えられちまうから、賊もお手上げです」

「でも、絶対ってことはないだろ。そのうち、天才的な錠前破りが現れて、簡単に開けられてしまうかもしれない」

「かもしれませんね」

あきらめ顔で肯きながら、忠蔵も東次郎の淹れた茶を飲んだ。

「冷めちゃっただろう。淹れ直すよ」

「いいですよ。私は旦那様ほどお茶の味なんかわかりませんからね」

言いざま忠蔵は、茶碗の中身をひと息に飲み干した。

喋り過ぎて喉が渇いていた忠蔵には、温《ぬる》い茶がちょうどよかった。


《唐津屋》源兵衛。

一代で店を大きくした遣り手の印象が強いが、問題はその元手が、実父である《出羽屋》から出たものか、それとも、若い頃に身を投じていた盗賊団の分け前によるものなのか、ということだ。

「間違いなく、盗っ人の稼ぎだろう」

東次郎はきっぱりと言い切ったが、

「わかってますよ。問題は、いまの《唐津屋》がどういう商売をしてるか、ってことですよ」

　忠蔵は慎重に言葉を選んだ。

「どういう意味だい？」

　東次郎もまた慎重に問いかける。

「旦那様が薄々勘づいてるとおり、奴は、いまもろくなことをしていない気がします」

「なにかわかったの？」

「とりあえず、世間の噂は真っ赤な嘘だということがわかりました」

「世間の噂？」

「暖簾《のれん》分けした番頭が博打《ばくち》狂いで借金を作った、とか……」

「ああ、あれはガセだろう」

「わかってたんですか？」

「《出羽屋》のあの宴会に顔出してたんだ。わかるだろう。そうじゃなきゃ、いくら母親違いの兄だからって、《出羽屋》が招くわけがない」

「そのとおりです」

　とは言わず、忠蔵は不機嫌に口を閉ざした。

（ハナからわかってたなら、そう言えよ）

東次郎の勘の良さには内心舌を巻くものの、不満は拭えない。

「《出羽屋》と《唐津屋》は、宴席では親密な様子だったんですよね？」

「ああ、兄弟だって私に明かしたくらいだからね。なにやら二人で企んでる様子だった」

「なにを企んでるんです？」

「決まってる、うちの店を乗っ取ることだよ」

「大店の主人が二人して、うちみたいにちっぽけな店狙ってどうすんです。もっと、でけえこと企んでるに決まってるでしょうよ」

冗談とも本気ともつかぬ東次郎の言葉を、忠蔵は即座に否定した。

それが東次郎には面白くない。

「忠さんらしくもないね。千里の道も一歩から、って言うだろ。小さい店からコツコツ地道に乗っ取っていって、そのうち江戸中のお店が《出羽屋》のものになるって寸法さ」

「随分と気の長い話ですね」

「世の中には、地道な悪党もいるんだよ」

「旦那様は《出羽屋》を悪党と決めつけてるようですが、私はまだ信じたわけじゃありませんからね。出店の話だって……」

「盗賊あがりの極悪兄貴がついてるんだよ。善人のわけがないだろ」

「………」

「問題は、《出羽屋》がどこまで知ってて《唐津屋》と連《つる》んでるか、ってことだよ。盗っ人あがりと承知の上で連んでるなら、《出羽屋》も相当タチが悪いと思わなきゃ」

「まさか。《出羽屋》の旦那はなんにも知らないでしょう。知ってりゃあ、いくら母親違いの兄貴だからって連むわけがありません」

「どうだかね。いまも盗賊を続けてるなら兎《と》も角《かく》、一応表向きは堅気の商人だ。昔の悪事を自慢してるかもしれない」

「二十代のガキじゃあるまいし、いい歳して、昔の悪事自慢なんぞしませんよ」

些か呆れ気味に忠蔵は言い、またしばし口を噤《つぐ》んだ。

三十年も前のことを調べようと思ったら、確実な手がかりが必要となる。生き証人でもいれば申し分ないが、最大の生き証人とも言うべき九右衛門――《曳舟》の仙三は死んでしまった。

例の『偸盗人別帳《ちゅうとうにんべっちょう》』には、一党の親分である仙三の名はあっても、手下一人一人の名までは記されていない。

源兵衛は問屋仲間でもなく、商いの業種が違うにもかかわらず、日頃から九右衛門と親交があった。子供の頃、親に捨てられ、苦労していたらしい。

この二点から、《唐津屋》源兵衛は《曳舟》の仙三一味の手下である、と判断したが、実際のところ、どちらも確たる証しとはならないことを、東次郎も忠蔵もよくわかっている。

わかっていながら、源兵衛が手下の一人だという前提の上で話を進めている。

すべてが仮定でしかないのに、この上まだ憶測を重ねることは土台無理があった。

「思いきって、《出羽屋》に探りを入れてみる、ってのはどうです？」

「《出羽屋》に？」

忠蔵の唐突な提案に、東次郎は困惑を隠せない。

「ええ。例の出店の話、詳しく聞かせてもらえませんか、とかなんとか言って……話のついでに、《唐津屋》のことを聞き出すんですよ」

「わ、私に行けって言うのかい？」

東次郎は瞬時に顔色を変えて狼狽《うろた》える。

「他に誰がいるんですよ。《出羽屋》に招かれたのは旦那様でしょう」

「私はいやだよ」

「なんでです？　お喋りは得意でしょう」

「いやだよ。苦手なんだよ、ああいう偉そうな奴は――」

「なに子供みたいなこと言ってんです。いまんとこ、それしか手がねえんだから、仕方ないでしょう」

「仕方なくないよ。そんなのちっともいい手じゃないだろ」

「じゃあ、他にどんな手があるってんです？」

「………」

「ほら、なんにも思いつかないでしょうが」

「そんなに急に思いつくわけないだろ。……いや、なにも思いつかないとしても、私は絶対にいやだからね」

「旦那様！」

「いやだと言ったら、いやなんだよ」

言うなり東次郎は立ち上がると、そこは疾風《はやて》の身ごなしで、忽ち隠し部屋から逃げ出した。

「旦那様ッ！……おい、待ちやがれ、一坊ッ」

忠蔵が追いかけたことは言うまでもない。大柄な体に似ず、こちらも疾風の身ごなしだ。

隠し部屋を出たところで東次郎の肘《ひじ》を捉え、強引に引き戻す。

「放せよ」

東次郎は振り払おうとするが、

「放しませんよ」

忠蔵の屈強な腕が、がっちり捉えてそれを許さない。

「私は絶対やらないからね。《出羽屋》とお近づきになりたかったら、忠さんが勝手にやればいいだろ」

「なんで私が——」

「忠さんなら、あの偉そうなおじさんと話が合いそうだからだよ。……『例の出店の話、《出羽屋》さんからよく話を聞いてくるよう、主人《あるじ》から申しつかりました』とでも言ってさ」

「そういう話は、普通主人同士でするもんでしょう。私はあくまで《高麗屋》の奉公人なんですよ」

「主人の命で来た、と言えば不自然じゃないよ」

「私は旦那様ほど口が達者じゃありませんから、上手《うま》く聞き出せるかどうかわかりませんよ」

　困惑しきって忠蔵は言い返す。

「あーッ‼　あれがあるじゃないか！」

　つと、東次郎がなにかを思いついた。

「あれ？」

「ほら、長崎で唐人に教わった、催眠術とか操心術とかいう、妖術だよ。あれを使えば人を意のままに操れるんだろ。あれを使って、聞き出したらいい」

「そんなこと、できるわけないでしょう」

「どうして？　薬に通じた忠さんならできるだろう。怪しいお香でも嗅がせてさ」

「無理ですよ。……操心術なんて、唐人のまやかしですよ。本当にかかるかどうかわかったもんじゃない。試したこともありませんし……」

「なんでだよ。いやがる私に無理矢理行かせるよりはずっと現実的だろう」

「…………」

　立て板に水の東次郎に捲《まく》したてられると、忠蔵は黙らざるを得ない。忠蔵の沈黙を、当然東次郎は己の勝利と確信する。

「決まりだな。忠さんが、《出羽屋》に行って聞き出す。……うん、それがいい。それに決まりだ」

「一緒に……」

決めつけられて、忠蔵はいよいよ言葉に窮したが、

「一緒なら……その、旦那様と一緒なら、行っても…いいです」

最前までの勢いはどこへやら、柄にもない小声で、なにやらボソボソと言い募る。

「え？」

「だから、旦那様と一緒なら……」

「なに言ってんの、忠さん？」

東次郎は思わず聞き返した。

気恥ずかしげに目を伏せた忠蔵のことが、少なからず気持ち悪い。

「旦那様も一緒に行ってくださるなら、行ってもいいです」

「なんで私が一緒に行くの？」

東次郎は困惑した。

「当たり前でしょう。旦那様と一緒でなけりゃ、番頭の私が、どの面さげて行けるっていうんです」

「…………」

　東次郎が一瞬言葉を失ったのは、忠蔵の主張がもっともであるためだろう。

「番頭が、一人でお店の主人を訪ねちゃいけないの？」

「いけなかないでしょうが、おかしくは思われますよ」

「どうして？」

「じゃあ、百歩譲って、今後私が《出羽屋》さんと商売の話をさせていただくとして、いきなり私が一人で行くのは変でしょう。旦那様が一緒に行って、『これはうちの番頭です』って、紹介してくださらないと――」

「一緒に？」

「ええ、一緒に」

「私が一緒に行くならいいんだね？」

　重ねて問い返しながら、東次郎は内心戸惑っていた。

　気恥ずかしげな表情で懸命に懇願してくる忠蔵が、悪いが矢張り気持ち悪かった。

　武家あがりで、誰より剛胆な筈の男が、一体なにを気後れしているのか。

（刀を捨てて、三十年以上も商人として生きてきて、すっかり商人になりきっちまったのかな）

うっすら思案するものの、東次郎にはよくわからなかった。

だが、もしこれが己だったら、と考えたとき、商人の子から商人となった東次郎と、自ら武士の身分を捨てて商人となった忠蔵とでは、なにもかもが全く違う、ということはわかった。

わかったところで、忠蔵を説得する術は何一つなかったが。

二

「なにぃーッ？《すめらぎ小僧》の隠れ家を捜してた、だと⁈」

忠蔵の怒声が三里外まで響き渡りそうな勢いに、東次郎は思わず眉を顰めた。

反射的に体が動き、自ら忠蔵の前に飛び出すと、

「店先で大声を出すな！」

珍しく叱声を放つ。

自分のためならそんな真似はしないが、忠蔵がいま一方的に怒鳴りつけているのは伊助と卯之吉だ。理不尽な暴力から奉公人を護るのが主人の務めである。

「他人様に聞かれたらどうするんだい」

「だって旦那様、言うに事欠いて、こいつらときたら……」

珍しく毅然とした東次郎の態度に戸惑い、忠蔵も珍しく言い訳口調になった。

「いいじゃないか、別に。悪所で遊んでたわけじゃないんだから」

「だからって、《すめらぎ小僧》の隠れ家ってなんですよ。それも、仕事を怠《なま》けて……」

「怠けたわけじゃありません。ちゃんと届け物をした帰りです……」

「やめろ、卯之――」

口を尖らせて言い募る卯之吉の言葉を、伊助が鋭く遮るが、卯之吉はそれでも不満を隠さない。

「でも……」

「番頭さんに口答えをするんじゃない。勝手な真似をしてた俺たちが悪いんだ。……申し訳ございません、番頭さん」

不満げな卯之吉とは裏腹、伊助は深く項垂《うなだ》れ、終始神妙な態度をとっている。

出先からの帰りが遅かったことを忠蔵に咎められ、伊助は素直に頭を下げて詫びたのに、卯之吉はあからさまに反抗的な態度をとった。

生真面目な伊助が忠蔵に従順なのはいつものことだが、卯之吉だっていつもなら反抗などはしない。せいぜい東次郎仕込みの軽口をたたく程度だ。

それが、今日に限って妙に逆らうのは、東次郎の目にも奇異であった。

果たして、人が変わってしまったのか。

「一体どこでなにしてやがった？」

と再三厳しく問い詰められ、その果てに、

「《すめらぎ小僧》の隠れ家を捜してました」

と卯之吉は嘯《うそぶ》いた。

「なんだと！」

忠蔵は即ち激昂した。

不穏な空気を察して予《あらかじ》め帳場の外に身を潜めていた東次郎は素早く近づき、そして忠蔵を咎めたのだ。

「大声を出すな」

と叱責されて一瞬間忠蔵は戸惑い、しかる後、すぐに気を取り直した。

「なんで私が旦那様に叱られなきゃならないんです」

「急に大きな声を出すからだよ。店先で奉公人を叱るとか、あり得ないだろ。癇癪《かんしやく》起こすのもいい加減にしてくれ」

「痼癪なんか、起こしてませんよ」

「起こしてるだろ。いつもなら、そんな頭ごなしな叱り方はしないじゃないか」

「これが私の、いつもの叱り方ですよ」

「だったら、どうかしてるね。二人とも、もう子供じゃないんだよ」

「子供じゃなくても、悪いことしたときは叱るのが大人の分別ってもんでしょう」

「別に悪いことなんかしてないだろう。いい大人に、何処でなにしてたかなんて、問い詰めるほうがおかしいんだよ」

「店の仕事怠けて勝手な真似をしてたんですよ。それが悪いことではないんですか？　何処《どこ》でなにしてたか訊くのは当然でしょう」

「ほんの息抜きだろ。大目に見るのが、大人の分別だよ。いちいち何処行ってたかなんて訊く必要はないね。野暮の極みだ」

「………」

例によって止まらぬ東次郎の言葉の勢いに気圧《けお》され、一瞬間忠蔵は口を噤む。

が、勢いを得た東次郎が更に言葉を続ける前に、

「そもそも、旦那様こそなんのつもりです。こそこそ隠れてて急に飛び出してきたりして、それがいい大人のやることですか」

辛うじて忠蔵は言い返した。

そんな言い方をされれば、当然、東次郎はむきになる。

「こそこそ隠れて、とはなんだい。ここは私の店だよ。どこにいようと私の勝手だろう」

「やめてください、お二人とも——」

不毛な押し問答に堪えかね、伊助が思わず口を出す。

「悪いのは私です。なにも、お二人が争うことはございません」

いつものことで、口を挟む機を狙っていたのだ。そうでもしないと、二人の言い争いは延々と続く。

「いいんだよ、無理にとめなくても。二人とも、あれで結構楽しんでるんだから」

卯之吉ならばそう言うが、伊助にはたまらない。目の前で、尊敬する二人に、児戯に等しい言い争いをされるのが聞くに堪えないのだ。

「生真面目な伊助さんらしいなぁ」

卯之吉からは鼻先で嗤われるが、いやなものはいやなのだから仕方ない。

「いや、こうなったらもう、伊助一人の問題じゃねえんだよ」

「そもそも誰の問題でもないよ。誰も悪くはないんだから」

　忠蔵と東次郎はむきになって言い合いを続け、

「誰も悪くないわけがないですよねえ」

　卯之吉がすかさず混ぜっ返した。

「よさねえか、卯之」

　伊助は低声で卯之吉の耳許に囁く。

　だが、卯之吉は少しも懲りていない。口の端を少しく弛《ゆる》めて笑っている。

　それ故、東次郎と忠蔵の言い合いは続く。

「ああ、強《し》いて言うなら、忠さんのせいかもしれないねえ」

「なんですって？」

「聞こえなかったかい？　いつから耳が遠くなったんだ？」

「一坊〜ッ」

「だから、もうやめてください！」

「やめないよ！」

　東次郎と忠蔵は同時に言い、

「だいたい、誰のおかげでこうなったと思ってるんだ！」

「忠さんの言うとおりだよ！」

更に口々に言い、ともに伊助を顧みた。

「申し訳ございませんッ」

もう一度伊助が深々と頭を下げたところで、漸く会話が一旦途絶える。

だが、伊助がホッとしたのも所詮束の間のことだった。会話が途絶えてしばし沈黙が流れたとき、

「しかしおめえら、なんだって、《すめらぎ小僧》の隠れ家なんぞ捜しまわってたんだ？」

存外静かな口調で忠蔵が問うてきた。

伊助は答えず、俯《うつむ》いたままだった。卯之吉がこれ以上余計なことを口走らぬよう、その利き手を強く摑んで握り締めていた。

三

「命じたのは私だよ」

観念した東次郎が遂に口を開いたのは、なんと夕餉の最中であった。

「…………」

忠蔵と伊助と卯之吉は、それぞれ箸を止め、言葉を止めた。玉子焼きの味が、今日はいつもより少し甘かったかもしれない。

「《すめらぎ小僧》の隠れ家をつきとめるよう、伊助に命じたのは私だよ」

伊助が、必死に隠そうとした事実を、東次郎はあっさり忠蔵に明かした。

「え？」

忠蔵はしばし呆気にとられた後、

「なんだってそんなことを？」

辛うじて問い返す。

「だってさあ、癪《しやく》に障るじゃないか」

「なにがです？」

「この私の目の前で、義賊だかなんだか知らないが、生意気な盗賊が跋扈《ばつこ》してたなんてさ」

「そんなことのために？」

「そんなことじゃないよ。大事なことだろ」

「で、隠れ家をつきとめて、どうしようと思ったんです？」

「どうもこうも、商売柄、盗っ人のことなら把握しておくべきだろう」

「まさか、義賊の上前をはねるおつもりじゃないでしょうね？」

「義賊という看板に偽りがあれば、当然そうなるね」

「やっぱり、そのおつもりだったんですね！　さすが旦那様‼」

不意に、卯之吉が嬉々として口走る。

が、話に夢中だった東次郎と忠蔵は卯之吉の言葉に気づかなかった。気づかれなかったことに内心ホッとしながら、伊助は二人の会話に耳を傾けている。

「一人稼ぎのこそ泥なんぞ相手にして、どうするんです」

「調べてみなきゃ、本当のところはどうだかわからないだろ。巷《ちまた》に出まわってる噂なんて、どうせ読売の奴らが寄って集《たか》ってでっちあげた嘘八百なんだから」

「だとしても、《唐狐》が狙う相手じゃありません。せいぜい、火盗にたれ込んで、恩を着せておくくらいが関の山でしょう」

「まあ、それも悪くないね。今後忠さんが火盗から情報をもらうのに役に立つかもしれない」

「ちょっと待ってくださいよ」

再び箸を取ろうとした忠蔵は、だがふと首を傾げて東次郎を顧みる。

「旦那様が伊助に《すめらぎ小僧》を追うように命じたのは、あの宴会の晩のことでしたよね」

「ああ、そうだよ」

「そのときはまかれちまって、諦めた筈ですよね？」

「…………」

東次郎は一瞬答えを躊躇った。

巧く躱《かわ》すつもりが、何故かできなかった。

「なのに伊助は、なんでまだ、《すめらぎ小僧》の隠れ家を探しまわってるんです？」

「それは……」

「なんでだ、伊助？　旦那様は、もういい、って仰有《おつしや》ったんだろ？」

「え、ええ……」

「じゃあなんで、今頃まだ探しまわってたんだ？　卯之吉まで一緒になって」

「それは……」

「引き続き探すように、私が命じたんだよ」

「私が勝手にやってたことです。申し訳ありませんッ」

東次郎と伊助の言葉がほぼ重なり、

「面白そうだな、って思って……」

卯之吉の言葉がすぐそのあとに続いた。

それ故忠蔵の耳にはっきり届いたのは、卯之吉の言葉だけである。

「なんだと？」

視線は当然卯之吉に向けられる。

「面白そうだとはどういうことだ？」

鋭い眼光で見据えられ、卯之吉は容易《たやす》く言葉を失った。

「どうもこうも、巷で評判の《すめらぎ小僧》の隠れ家を探り出せたら、町方や火盗の鼻があかせるってもんじゃないか。そりゃあ、面白そうだろう」

瞬時に察した東次郎が、すかさず助け船を出す。

「な、そうだろ、忠さん？」

「だからって、仕事を疎《おろそ》かにしてまでするか。しかも、命じられたわけでもないのに」

「だから、私が命じた、って言ってるだろ」

東次郎は再度同じことを言った。

「本当に、旦那様がお命じになったんですか？」

「だからそう言ってるだろう」

「なんで、また、そんなことを……」

「だから、面白そうだからだよ」

畳み掛けるように東次郎は言い、卯之吉への追及を辛くも躱した。子兎《こうさぎ》のように可憐な卯之吉の目が、無言で東次郎への感謝を告げている。

「なるほど」

忠蔵は肯いたが、もとより、納得しているわけではないだろう。

「旦那様がお命じになったのなら仕方ありませんが」

と東次郎を鋭く一瞥してから、

「だからって、なんでもかんでも、言うこときかなきゃならねえってほうはないんだぜ、お前たち」

伊助と卯之吉に視線を向けて忠蔵は言った。

「今度旦那様が馬鹿なこと言ってきたら、私に言うんだ。つまらないことでときを無駄にすることはない」

「ちょっとちょっと、聞き捨てならないね」

東次郎は一応不満げに言い返したが、これは話を終えるための挨拶のようなもので、もとより本気ではない。忠蔵も心得ていて、もうそれ以上、小言を続けようとはしなかった。

食後、縁先で月を眺めていると、長屋へ帰った筈の卯之吉が垣根の外から遠慮がちに入ってきた。

「旦那様」

「どうした？　忘れ物でもしたのかい」

「はい」

卯之吉は素直に肯く。

「それじゃ、そんなところにいないで表にまわったほうがよくないか？」

「忘れ物は、お礼でございます」

「お礼？」

「さきほど、番頭さんから庇ってくださいました」

「ああ、そんなこと」

東次郎は低く含み笑う。

「おかげで、番頭さんの長説教をくらわずにすみました」

「私も聞きたくないよ」

「実は――」

「ん？」

「伊助さんじゃないんです」

「………」

「《すめらぎ小僧》を捜してたのは、伊助さんじゃなくて、私なんです。……いえ、はじめのうちは確かに伊助さんもむきになって探してたんですが、元々冷静な人ですから」

「伊助が冷めてきたところで、お前さんのほうが夢中になっちまったのかい？」

「ええ……このところ退屈してたので、つい……」

「よくないねえ」

欠伸《あくび》まじりに東次郎は言い、更に言葉を継ぐ。

「いい若い者が退屈するとろくなことはない。……お前さん、裏の仕事がしたくてしたくてたまらないんだろ」

「………」

言い当てられて、卯之吉はさすがに目を見張って絶句する。

「可愛い顔して、危ない子だね」

「旦那様」

「まあ、《すめらぎ小僧》は兎も角、そんなに捜し物がしたいなら、そろそろ裏の仕事をお願いしようかね。あんまり長いこと退屈させて、悪い遊びに手ぇ出されたら困るから」

「出しませんよ」

卯之吉は苦笑した。

「けど、旦那様がそう仰有るってことは、もう次の的《まと》は決まってるってことですね」

「さあ……的と言っていいかどうか……」

「勿体《もったい》つけずに教えてくださいよ」

「まだ駄目だよ。あんまり先走ると、私が忠さんに叱られる」

「旦那様も番頭さんが怖いんですか？」

「そりゃ怖いよ」

すると、肩を竦めた東次郎の言葉が聞こえたかのように、

「旦那様〜ッ、いつまでもそんなとこにいると風邪ひきますよ〜ッ」

部屋の中から忠蔵が呼びかけてくる。

「早くおかえり、卯之さん。こんなところで私と密談してたと知れたら、また忠さんに説教くらうよ」

「わかりました、帰ります。……私が来たことは、伊助さんにも内緒にしてくださいね」

「ああ」

身を翻《ひるがえ》すなり、卯之吉は月影の下へと姿を消した。闇に溶け込むのではなく、仄かな明るさの中でも姿が見えなくなるのはそれほど速く動いている証拠であった。

四

池の端には石灯籠が二つ三つ。

池のずっと先――庭の奥のほうには小さな四阿《あずまや》も見える。庭木の松はどれも見事な枝ぶりで、いまにも鹿威《ししおど》しの音さえ聞こえてきそうなほど立派に手入れの行き届いた庭であった。

縁先から望んだだけでも千坪は下るまい。ちょっとした武家屋敷ほどの規模である。

「すごいお庭だね」

座敷の床の間には、東次郎なら涎《よだれ》の出そうな山水の掛け軸がかかっているのに、そちらは一切見ようとせず、広々とした庭にばかり目をやっている。見れば忽ち羨ましくなってしまうからにほかならない。

「まるで大名の別邸みたいですよ」

「見たことあるの？」

「え？」

「大名の別邸」

「あるわけないでしょ」

「じゃあなんで、大名の別邸みたいだなんて言ったの」

「なんとなく、ですよ」

二人が声を潜めて言い合っていると、不意に襖が開き、若い女中が茶菓を運んでくる。

東次郎と忠蔵はともにピタリと口を噤み、女中が彼らの前に茶菓を並べるのを待った。

やがて女中が去り、襖の外の足音が充分遠ざかるまで待ってから、

「ご覧、橘屋《たちばなや》の羊羹《ようかん》だよ。さすがは《出羽屋》さんだね」

「あんまり意地汚い真似しないでくださいよ。みっともない」

「いいじゃないか。出されたものはきれいにいただくのも礼儀ってもんだよ」

言いざま東次郎は羊羹を楊枝に刺し、ひと口で口中に放り込む。咀嚼し、お茶で一気に流し込むと、

「やっぱり美味《うま》いね」

涼しい顔で感想を述べた。

「どうしても行くのかい？」と顔を顰め、出がけまでさんざ渋っていた同じ人間とは到底思えない。

「忠さんも食べなよ。こんな高級なお菓子、滅多に口に入らないよ」

「甘い物は苦手《にがて》です。知ってるでしょう」

「勿体ないな。新吉に持って帰ってやろうか」

「子供には、贅沢なもの食べさせるもんじゃありません。口が肥えて、ろくなことにならない」

「じゃあ、伊助と卯之吉に――」

「二人とも、甘い物は苦手です」

「そうだっけ？」

「そうですよ。酒飲みながら菓子も食べるような物好きは旦那様くらいのものです」

「なんだよ、人を物好き呼ばわりして。……いいよ、いいよ、忠さんが食べないなら、

私が食べるよ」

「そんなにお気に召されたなら、帰りにお土産《みやげ》にお持たせいたしましょう」

不意に、音もなく開かれた襖から姿を現しつつ庄右衛門は言い、東次郎を驚かせた。

当然忠蔵も驚いている筈だが、そこはさあらぬていで平静を装う。

「折角ご足労いただきましたのに、お待たせして、申し訳ございませぬ」

座に就くなり、庄右衛門は深々と頭を下げる。

「いえ、こちらこそ、お忙しいところ、お邪魔致しまして……」

負けじと辞を低くしつつ東次郎は言うが、もとより彼とて、何の約束もなく、突然《出羽屋》を訪れたわけではない。

数日前に伊助を使いにやり、「例の出店の話、改めて詳しく伺いたいが、ご都合はいかがでしょうか」とお伺いを立てている。今日の日時を指定したのは庄右衛門のほうであった。東次郎側は指定された刻限に僅かも遅れることなく訪れている。

いつもの東次郎なら、厭味の一つも言いたいところだが、

「ようこそおいでくださいました」

あの晩と同じ満面の笑みで迎えられてしまうともうお手上げであった。

「先日は、折角ご足労いただいた宴があのような仕儀と相成りましたので、てっきり

お気を悪くなされたものと思うておりました。……あのあと、毎日のように奉行所のお調べ……お役人の聞き取りがありまして、それはもうしつこいくらいに。おかげで、商いにも支障が出る始末でして……まったく、義賊だかなんだか存じませぬが、人迷惑な輩でございます」

「ええ、迷惑な話でございます。そもそも他人様の懐《ふところ》から金をくすねるようなこそ泥を義賊扱いするなど、どうかしていますよ」

交々《こもごも》と語る庄右衛門に、東次郎も適当に話を合わせる。

「まさかあのようなことになろうとは夢にも思わず、お招きしたお客様方にはとんだご迷惑をおかけしてしまいました。あの夜賊に金品を持ち去られた方々には、手前共から相応の金子《きんす》をお返ししようと思っております。……《高麗屋》さんも、ご遠慮なさらず、とられた金額を仰有ってくださいませ」

「え？　《出羽屋》さんが、盗まれた金を補償されるのですか？」

「ええ。すべて招待した手前共の責任でございますから」

「そんな！　《出羽屋》さんこそ、一番の被害者じゃありませんか。皆が持参したご祝儀も、ごっそり持ち去られたのではありませぬか？」

「いえいえ、招待主がすべての責めを負うのは当然です。手前共がお招きしなければ、難に遭《あ》われることもなかったのですから。……それで、《高麗屋》さんは一体如何ほど――」

「私はなにもとられておりませぬ故、ご心配なく。日頃から、必要以上の銭は持ち歩かぬようにしておりますので」

「左様でございますか」

庄右衛門の面上から束の間笑みが消え真顔になったのは、東次郎の答えがあまりに意外だったからに相違ない。

大方、言い値を支払うという庄右衛門の好意につけ込み、金欲しさに虚偽の申告でもしてくると思ったのだろう。

(安くみられたもんだな)

高級和菓子屋の羊羹に大はしゃぎしたことも忘れて、東次郎は心中激しく舌を打った。

「あの晩は、折角お招きいただきましたのに、突然のことで狼狽《うろた》えてしまい、兎に角賊から逃れたい一心で、一人で逃げ出してしまいました。その後、なんのご挨拶もせず、申し訳ございませぬ」

「いやいや、本来ならば、こちらからご様子を伺いに参るべきところ、なかなか伺えず、ご無礼いたしました。ところで──」

庄右衛門は、そこではじめて、東次郎の傍《かたわ》らでずっと辞儀をし続けている忠蔵に視線を向けた。

「当家の大番頭・忠蔵でございます」

東次郎は漸く切り出すことができて内心ホッとする。

「商売のことは、実はこの忠蔵に任せきりにしておりまして、出店の件も、忠蔵と直接お話しいただけないでしょうか」

「忠蔵でございます」

辞儀をしたままで忠蔵は名乗り、

「ご無礼は重々承知しておりますが、主人が斯様《かよう》に商売に無関心で、此度《こたび》も、折角のよいお話をいただきながら、面倒だからお断りする、などと申しますもので、奉公人の身分も顧みず、つい出しゃばってしまいました。お許しくださいませ」

更に辞を低くし、額を畳の縁に擦り付けて申し述べた。

「お顔を上げてください、忠蔵さん」

庄右衛門は即座に忠蔵に言った。

「奉公人だからといって、己を卑下する必要はありませんよ。主家《しゅか》の為を思えばこそのことだ」

「恐れ入ります」

「忠蔵さんは、私の申し出をよい話と思うてくださるのですね」

「勿論でございます」

忠蔵は嬉々として顔をあげた。

「斯様なよきお話、お受けせぬ道理はございませぬ」

「忠蔵さんはそう思われますか」

「もとより。またとないよきお話と存じます」

庄右衛門の顔を正視しながら忠蔵は応えた。

「よかった」

低く呟いた庄右衛門の言葉は、おそらく本音であろう。

「では、改めてよろしくお願いしますよ、忠蔵さん」

「何卒《なにとぞ》、よろしくお願い致します」

大きな体を窮屈そうに縮めて、忠蔵は再度その場に平伏した。


「あ〜疲れた」

《出羽屋》を辞去して表通りを少しく無言で歩いた後、東次郎は思いきり伸びをした。

「旦那様！」

「もう、大丈夫だろ」

「油断は禁物です」

「だからって、私の行儀が多少悪いことくらい、先方は先刻承知済みだろうよ」

「…………」

「次からは、忠さんが一人で行ってくれよな」

「え？」

「だって、そうだろ。商売の話をするんだから、私は必要ない。忠さんが一人で行けばいいだろ」

「ちょ、ちょっと待ってくださいよ、旦那様」

「こういうことはやっぱり何度か回を重ねていかないとね。一度で全部聞き出そうってのが土台間違ってた」

「回を重ねるって……」

「長くつきあううちには、そのうち心をゆるして、なんでも喋ってくれるようになるかもしれない」

「そうなるまで、一体何度《出羽屋》をお訪ねすればいいんです?」

「さあ……それは忠さんの匙加減だろ」

「だから、私一人じゃ無理ですよ。私は旦那様ほど口が上手くないんですから。それに、そんなに何度も話し合いして、出店の話が本決まりになったらどうするおつもりです?」

「そうなったらそうなったで、面白いじゃないか」

「面白がってる場合じゃないでしょう。そのつもりもないくせに」

「いや、《出羽屋》の旦那の顔見てるうちに、なんか気が変わってきたんだよ」

「え?」

「仮に《出羽屋》が、うちの身代を狙って出店の話を持ちかけてるとしても、店を出してしばらくのあいだは様子をみるはずだ。乗っ取るにしても、新しい店を、ある程度軌道に乗せてからだろうしね」

緩《ゆる》い歩調で帰途を進みながら東次郎は言う。

「それまで、うちが江戸で商売続けてられる保証はどこにもないんだ。……無事に仇討ちを終えたら、みんなで上方《かみがた》か長崎《ながさき》にでも移ればいい」

「本気ですか?」

忠蔵は真剣に問い返したのに、

「いまから決めつける必要はないってことさ」

本気とも冗談ともつかぬ口調で言って東次郎は肩を竦め、それきり黙って歩を進める。

忠蔵と庄右衛門が長々と商売の話をしているあいだ、東次郎は二度ほど厠《かわや》に立った。口の軽そうな奉公人を見つけ、《唐津屋》のことを聞き出すつもりだったが、残念ながら、台所の下働きの小女にいたるまで、存外口が堅く、誰からも、望むような答えは得られなかった。

（さすがに手ごわいな）

奉公人の端々にいたるまでしっかり躾《しつけ》が行き届いているのは、いいお店である証拠だ。どうやら、老舗に胡座をかいているわけではなさそうである。

が、幸い、出入りの酒屋の中に、お誂《あつら》え向きの口軽がいた。

「《唐津屋》さん？……ああ、ちょくちょくおみえになってるようですよ」

勝手口で、酒瓶の荷下ろしをしながら、実に気さくに答えてくれた。

「《唐津屋》さんはいつ頃からこちらに出入りしているの？」

「さあ……手前が《出羽屋》さんに出入りさせていただくようになってもうかれこれ

十年近くになりますが、その頃から、『明日は兄さんが来るから、とびきり良い酒を持ってきておくれ』と、旦那様直々《じきじき》にご注文いただくことも屢々《しばしば》ございました」

「旦那様が、《唐津屋》さんのことを兄さんだと言ったんだね?」

「ええ。『訳ありなので、他所《よそ》で言い触らされては困るが、お前さんとは長いつき合いになるだろうから、教えたんだよ』と仰有ってくださって……旦那様は、本当に、誠実なお方でございます」

酒屋の手代は、そのときの感激が胸に甦《よみがえ》るのか、いまにも泣き出しそうな表情で言い、

「《唐津屋》さんは上方暮らしが長かったそうで、酒は灘の辛口がお好みだそうです」

聞きもしないことまで教えてくれた。

(上方暮らし?)

東次郎は少しく首を捻ったが、

「そうかい。じゃあ、《出羽屋》さんと《唐津屋》さんが訳ありの兄弟というのは本当なんだね。……いや、縁談を頼まれたら、先方のことを調べるのは当然だろう。《出羽屋》さんは老舗の名に恥じぬ立派なお店だが、人に言えない秘密の一つや二つはあるもんだろ。けど、母違いの兄さんのことを、出入りの酒屋さんにまで話してる

ということは、後ろめたい隠し事ではないという証拠。……よかった、よかった。早速報告しなければ――」

「《出羽屋》さんにご縁談が？」

「ああ、まだ内々の話だから他所で言い触らされたら困りますよ」

「勿論でございます」

酒屋は誇らしげに請け負ったが、全く信用できないことは、東次郎が既に証明済みだ。

「旦那様？」

「ああ」

呼びかけられて、東次郎は漸く我に返る。

「そうだ。次からは、卯之吉を伴って行くといい」

我に返ると、不審がる忠蔵に向かって笑顔で告げる。

「え？」

「卯之なら、見た目もああだし、怪しまれずに奉公人から話を聞き出せるかもしれない」

「はじめから、そのつもりだったんですか？」

忠蔵はさすがに渋い顔をするが、

「今度《出羽屋》と会うときは、私の悪口を言うといいよ」

忠蔵の問いには答えず、一方的に東次郎は言う。

「それなら、口下手《くちべた》な忠さんにだって、山ほど言いたいことがあるだろう」

己の言いたいことだけ言い、さっさと歩を早めだす。

「ちょっと、待ってくださいよ」

「待たないよ」

東次郎の肘を捉えて引き戻そうとする忠蔵の腕を、だが今日は間際でするりとすり抜けた。

「我既《われすで》に、呉下《ごか》の旧阿蒙《きゆうあもう》に非《あら》ず、だ」

横顔でニヤリと不敵に笑うなり、東次郎は不意に走り出した。

「士別《しわか》れて三日《みつか》なれば、即《すなわ》ち更《さら》に刮目《かつもく》して相待《あいたい》すべし、だよ、忠さん」

走り出す際、楽しげに言い残す。

忠蔵は甚《はなは》だ呆れ返り、そのあとを追おうとはしなかった。彼は彼で、東次郎が感じたと同じ——或いは、それ以上の疲労感をおぼえていた。

五

「《唐津屋》ほど、よくわからねえ奴もいませんよ」

苦りきった様子で忠蔵は言い、吸いさしの煙管《キセル》を口に運ぶ。

「なにかわかったの？」

東次郎は例によって茶器いじりだ。

いつもの骨董屋でまた一つ、手頃な価格の天目茶碗《てんもく》を手に入れた。中国宋代《そうだい》の作で福建《ふつけん》ものだというが、出自の真偽はどうでもいい。灰釉《はいゆう》を雑に振りかけたものか。瑠《る》璃《り》色の斑《まだら》模様が全体に散らばっていて、その形も、或いは木の葉、或いは花びらのようだったりするから、終日眺めていても見飽きない。

「店が左前というのはガセだって話でしたが、どうもよくわかりません」

「よくわからないって？」

「堀江町《ほりえちょう》の本店も他の店も、さほど流行《はや》ってる様子がないんですよ」

「こういうご時世だから、内店組のお店はどこも苦しいよ。《唐津屋》も、出羽屋と同じく絹物が中心だろ。けど、あれくらいの大店になると、得意先がいくらもあるだろうから、店に客が来なくても特段困りはしないよ」

「そうでしょうかね」

「逆に、店に買いに来る客なんて、値切り目的のしけた客ばかりだよ。大店にとっちゃ、そんな客は有り難迷惑だろ」

「だとしても、《唐津屋》の暮らしぶりが全く解せませんや」

「どう解せないの？」

「通常大店の主人といったら、《出羽屋》の旦那みたいにお店の奥でどっしり構えてるもんでしょう。それが、あの《唐津屋》源兵衛ときたら、毎日何処へ出かけるのか、朝から晩まで外出ばかりで……」

「何処へ出かけるのか、確かめてないのかい？」

東次郎はふと眉を顰めて忠蔵を見る。

「しばらくはじっくり店を見張ってからと思ったんですよ」

「主人が出かけたあとの店なんか見張ってたって仕方ないだろ」

「他所から怪しい奴が訪ねてこないか、それを確かめたかったんです」

むきになって忠蔵は答え、煙を吐く。

「怪しい奴なんか訪ねてくるわけないだろ。怪しい奴と会うなら、店の外だろ」

「………」

「どうした、忠さん？」

「え？」

「明らかに、手を抜いてるよね？」

「なに言ってんです、旦那様」

「一坊でいいよ。……この前私が感情的になったもんだから、躊躇ってるのかい？」

「まさか」

「じゃあ、なに？」

「………」

「《唐津屋》が《曳舟》一味の手下だということが確実になったら、一日も早く仇を討って江戸におさらばする、って言ったから、名残が惜しくなったのか？」

「本気なんですか？」

遠慮がちに、忠蔵は問い返す。

「なにが？」

「仇討ちって気軽に言いますけど、どうするんです？　殺すんですか？」

「殺して、お宝があるなら根刮《ねこそ》ぎいただく。いつもと同じさ」

「ですから、それをやったら、もう《唐狐》ではいられなく……」

「なんでもいいよ。さっさとカタをつけるんだ。先のことは、またそのときになって考えればいい。……上方で《唐狐》をやるのもありだろ」

「どこまで本気なんだか」

「徹頭徹尾《てっとうてつび》本気だよ。……ああ、本格的な《唐津屋》の調べは伊助と卯之吉にやらせる」

「え?」

「忠さんは面が割れてるだろ。この前一緒に《出羽屋》に行ったから」

「どうして《出羽屋》に行ったら面が割れるんです?」

「《唐津屋》の間者《かんじゃ》が入り込んでるに決まってるだろ」

「まさか。《出羽屋》ほどの老舗、おいそれと入り込めるもんじゃありません」

「奉公人として入るとは限らないだろ。あれだけの大店になると、出入りの者も多いからね。……出入りの商人の一人一人まで、身元を調べられるわけがない」

そこまで言うと、東次郎は茶碗を箱に戻して綺麗に紐を掛け、戸棚にしまう。

「出かけるんですか?」

「ああ、隆のとこに行く。そろそろ、新作の意匠ができてる頃だ」

「そういや、もうそんな時期でしたね」

「なんだい、さっぱり商売気がないね」

「商売どころじゃないでしょう」

忠蔵が本音を漏らすのを、心中密かに東次郎は笑った。声に出して笑ったり、指摘したりすれば、また面倒なことになるとわかっているからだった。

第四章　ただならぬ悪意

一

《唐津屋》源兵衛の日常は、なかなかに興味深い。

通常いくつも出店を持つような大店の主人であれば、本店の奥座敷にどっかり腰を下ろして各店の番頭たちの報告を待つか、つきあいと称して同業者を誘い、高級料亭か吉原にでも繰り出すところだ。

だが源兵衛の外出先はちょっと違う。

昼過ぎくらいに二、三人の手代を連れて出かけると、先ず同じ町内の町会所へ足を向ける。昼間から町会所に入りびたっているような者は、殆《ほとん》どが暇なご隠居か怠け者だ。或いは、御用がないときの御用聞きとその手先など。そこで一刻以上、長いときは二刻以上も、近所のご隠居や怠け者相手に歓談する。ときには仕出しを差し入れることもあるから、当然大歓迎される。

そのせいか、近所では存外評判がよく、源兵衛を悪く言う者はいなかった。

これまた当然といえば当然で、祭礼など、町全体での行事の際に、《唐津屋》のような大店は気前よく寄進をする。そのおかげで、祭は盛況を極める。悪く言う者などいる筈もなかった。

雑談にも飽きてやがて町会所を出た源兵衛は、気まぐれに出店を廻る。

源兵衛の息子は未だ成年に達していないため、現在江戸市中に点在する《唐津屋》の分家はすべて、番頭に暖簾《のれん》分けしたものだ。一応独立しているとはいっても、《唐津屋》の暖簾で商売している以上、源兵衛が主人であることに変わりはない。主人のほうから訪問されれば恐縮するし、いい気はしないだろう。

そうしてかつての奉公人たちを一頻《ひとしき》りひやかしてから、いよいよ盛り場へと足を向ける。但し、吉原の大見世などで派手に遊ぶわけではなく、両国《りょうごく》の垢離場《こりば》で子供騙しの見世物小屋をひやかしたりする。女遊びなどは殆どせず、唯一女っ気のある遊び場が、矢場か湯屋というところだった。大店の主人とは思えぬ安価な遊びだ。

(要するに吝嗇《けち》なんだろ)

と東次郎は決めつけた。

「町会所へ足繁く通ってご近所さんの機嫌をとり、ケチな遊びで暇つぶしをする。……それのどこが、不可解だというんだい？　なんの不思議もないだろ。ただの陰険ドケチおじさんだ」

「ケチな遊びのあとが問題なんですよ」

だが、大真面目な顔で忠蔵は言う。

「なにが問題なの？」

「この五日ばかり、伊助と卯之吉にあとを尾行《つ》けさせてるんですが、旦那様の言われるケチな遊びのあと、決まって同じ場所で見失うそうです」

「見失う？……まかれるってことだろ？」

「いえ、見失うんです」

「だから、尾行に気づかれて、まんまとまかれてるんだろ？　だらしがないな、伊助も卯之吉も――」

「だから、違うんですよ」

「なにが違うの？」

東次郎は少しく苛立つ。

東次郎が苛立つほどに、忠蔵は覚める。それが、三十年来の二人の関係性だ。

「尾行に気づいてまくつもりなら、道を変えるなり、わざと違う道を行って惑わすなりするもんでしょう。それが、そんな様子はまるでなくて、気がつけばいつのまにか見失ってる、って言うんです」

「それが、まかれてるってことだろ」

「相手が尾行に気づいてないんですから、まかれてることにはならないでしょう」

「なんで気づいてないってわかるの？」

「気づいてたら、それこそ、伊助と卯之吉はいまごろ《唐津屋》の手の者にとっ捕まって、ただじゃすみませんよ」

「…………」

東次郎が一旦口を噤《つぐ》んだのは、忠蔵の言うことが尤《もつと》もであったためだが、

「それで、毎回何処で見失うって？」

すぐに気を取り直して問い返した。

「だいたい、浅草御蔵《あさくさおくら》のあたりだそうです」

「浅草御蔵？」

「あのあたり、蔵の数が半端じゃないでしょ。どれも同じような形だし、そりゃ、迷

い込んだら見失いますよ」

「でも、何の用があってあんなとこに行くんだい？　あの御蔵は全部米蔵だよ。《唐津屋》には関係ないだろ」

「米蔵以外の蔵もありますよ。……大川《おおかわ》を挟んだ向かいには御竹蔵もあるし。蔵はいくらでもありますよ。なんなら、荷下ろしした荷を一時保管するための《唐津屋》の蔵があったりするんじゃないですか」

「たとえあったとしても、毎日蔵を見に行くかねぇ？」

東次郎はいよいよ首を捻る。

「毎日見に行きたいほど大切なお宝なら、自宅の蔵にしまっておくものだろう。あれほどのお店だ。蔵も一つや二つじゃないんだから」

「それはそうでしょうが……」

忠蔵の困惑顔を見るうちに、

「なるほど、家に置けないものを隠してあるわけか」

つと、東次郎は合点した。

「え？」

次いで、忠蔵の疑問顔が引き金となり、別の思案が湧いてくる。

「そうか、船だ！」

「船？」

「ああ、御蔵に荷を運んでくる船もあれば、それを運び出す船もあるからな」

言って、またしばし考え込み、しかる後、

「船を使っていることは間違いない」

断言した。

「え？」

「源兵衛が姿を消すのは、船を使って何処かへ行ってるからだよ、忠さん」

「なるほど——」

忠蔵は納得して忽《たちま》ち愁眉《しゅうび》をひらくが、東次郎は依然として難しい顔つきのままだった。

「では、予《あらかじ》め船着き場を張っていればよいのでは？」

「あのあたり、船着き場は無数にあるよ。おそらく、《唐津屋》専用の船着き場も何処かにある筈だ。ただ……」

「なんです？」

「そう簡単に、見つかるかどうか。……伊助と卯之吉が見失うというのだから、なにか仕掛けがあるのかもしれない」

「天下の往来に仕掛けは作れねえでしょう」

「いや、仕掛けといってもそんな派手なものとは限らない」

言ってから、東次郎は再び考え込んだ。

「ほんの瞬《また》きする間でも、周囲から身を隠せたら、それでいいんだ。……なにかある筈だ」

考え込む東次郎を、忠蔵はしばし無言で見守った。


夜半。

子《ね》の刻過ぎ。あらゆる者が眠りに就いている筈の時刻に、蠢《うごめ》く者があるのもまた、世の常というものであろう。

だが、たとえ漆黒の闇の中でも、白昼も同然自在に動きまわれる者がいる。

即ち、盗っ人と刺客だ。

どちらにしても、ろくな者ではない。

（また、余計な真似した、って大目玉食らうんだろうな）

伊助は心中真っ赤な舌を出す。

もとより懲りていないわけではないが、体が勝手に動いてしまったのだから仕方ない。

結局、《唐津屋》の船着き場を発見することはできず、その夜も源兵衛を見失った。うろうろと探しまわった挙げ句夜が更け、闇の中にただならぬ気配を察した。月も星もない真闇の中を、足音もたてずに走り去る者――。

（奴だ！）

そのとき伊助は直感した。

一度見た者の姿は決して見忘れない。黒装束であろうが平装であろうが、それは同じだ。一陣の黒い風と見紛う速さであろうが、格闘術の拳や蹴りの速さに馴れた伊助の目は誤魔化されない。

常人であれば、雲が過ぎって月が翳った程度にしか感じられなかったであろう奇異を、伊助は確かに感じ取った。と同時に、その目の前を、確かに一度見た覚えのある黒い背が過《よ》ぎった。

（すわ！《すめらぎ小僧》！）

思うより先に、体が動いている。

伊助が駈け出したのを見て、当然卯之吉もそれに続く。伊助の目を、無条件で信じている。

（逃がすか！）

伊助は夢中でその者のあとを追った。

が、すぐに卯之吉の存在を思い出した。はじめて奴を追った晩、伊助は一人だった。

だが今夜は卯之吉が一緒なのだ。

「伊助さん」

「卯之」

「なんだい？」

「奴を追え。お前なら追いつける」

「わかった」

卯之吉は肯き、即座に伊助の言葉に随《したが》った。伊賀の里の生まれ育ちで、物心ついた頃から忍びの鍛錬をしていた卯之吉は脚が速い。身ごなしも、猿《ましら》以上に猿のようだ。

おそらく、追いつくことは可能だろう。

但し、追いついた先でなにが待ち受けているかわからないから、伊助も懸命に見失わぬようにする。或いは、二人を誘《おび》き出すための罠である可能性も、なきにしも非ずだ。

（いいさ。そんときは、二人して死ねばいい）

伊助は覚悟を決めている。

東次郎が知れば烈火の如く怒り狂うだろうが、仕方ない。恩人のために働けないなら、せめて足枷にだけはならぬようにするというのが、伊助の覚悟であった。

「なに、《すめらぎ小僧》が？」

「はい、間違いありません。《すめらぎ小僧》かどうかはわかりませんが、確かにあの夜の奴でした」

「《唐津屋》のあとを尾行けていて、《すめらぎ小僧》と出会《でくわ》すとはどういうことだ？」

問い返す忠蔵の表情は当然渋い。

言いつけを守らず、又候《またぞろ》勝手に《すめらぎ小僧》を追っていたのだと勘繰ったのかもしれない。

それ故伊助は己の失態を包み隠さずすべて話さねばならなかった。

源兵衛を、いつものように浅草御蔵のあたりで見失い、結局それらしい船着き場は見つからず、夜が更けるまで捜しあぐねていて、偶然《すめらぎ小僧》らしき者と遭遇した。

《唐津屋》を追っていて《すめらぎ小僧》と遭遇したのが偶然とは思えず、つい追いかけてしまったことなどを、悪びれもせずに伊助は告げた。

「てめえら、懲りもせず二人して勝手なことを……」

忠蔵は忌々しげに舌打ちしたものの、あからさまに激昂するということはなかった。

「しょうがねえな」

「申し訳ございません」

一応形ばかりに伊助は詫びた。

忠蔵の言いつけに背いたことは間違いないからだ。

形ばかりとはいえ、殊勝に詫びる姿に悪い気はしない。

「それで、確かなのか？」

忠蔵は激せず静かに問い返した。

「え？」

だが、あまりに静かで短い忠蔵の問いに、伊助が戸惑い、

「そいつが確かに《すめらぎ小僧》だって言い切れるのか？」

「それは……」

口ごもっているところへ、

「伊助が見間違う筈はないだろ」

東次郎がすかさず助け船を出した。

忠蔵は必然的に黙らざるを得ない。

「それで、今夜は追えたのかい？」

黙り込んだ忠蔵に代わって東次郎が問う。

「途中から、卯之に追わせました」

「なるほど。卯之なら追えるか」

「それで、隠れ家は突き止めたのか？」

我慢できずに忠蔵も問う。

「はい」

「何処だ？」

「隠れ家かどうかはわかりませんが……」

「なんだ？」

「《唐津屋》に入って行きました」

「《唐津屋》に？」

「勿論、音羽町《おとわちょう》の本店ではなく、神田《かんだ》のほうにある出店ですが」

「神田の出店ってのは、確か、はじめての番頭に暖簾分けした店だったな」

「よく調べてるね、さすが忠さん」

「当たり前です」

　忠蔵は少しく憮然とする。

「で、その店で扱ってるのは、本店と同じ品物なの？」

「ええ、《唐津屋》の暖簾を掛けてるんですから、殆ど同じ品物でしょう」

「じゃあ、本家と同じくらい売り上げてても不思議はないね」

「さあ、どうでしょうねぇ。神田の店は客層が違うんで、本店ほどは流行《はや》ってないと思いますよ。下町に、格の高い店は合いません」

「ふうん。じゃあなんで、《唐津屋》はそんなところに本店と同じような店を出させたの？」

「知りませんよ、そんなこと。そこしか出せるところがなかったからじゃないですか」

「大変だね、たくさんの店を持つってのも」

　東次郎が忠蔵の顔をまじまじと見返すと、

「そんなことより、《すめらぎ小僧》ですよ」

　忠蔵は忽ち話題を変える。

「ああ、そうだった」

　それで東次郎も思い返し、

「そうそう、《すめらぎ小僧》は、神田の店に盗みに入ったんじゃないのかい？」

　伊助に向き直る。

「私もはじめはそう思ったんですが……」

　伊助は少しく口ごもった。

「違ったのか？」

「出て来ないんですよ、いつまで経っても」

「え？」

「どういうことだ？」

「卯之と交替で、朝まで見張ったんですが」

「出て来なかったのか？」

「はい」

「どういうことだ？」

一度目は忠蔵、今度は東次郎が全く同じ口調で問い返す。

「それはつまり……」

思いきって伊助は言いかけるが、なにを憚《はばか》ってか言い淀む。

「つまり？」

「つまり、《すめらぎ小僧》は、《唐津屋》神田店の奉公人てことになりますね」

「まさか！」

東次郎と忠蔵は同時に口走り、

「ですが、それ以外に説明がつきません」

変わらぬ口調で伊助は答えた。

「本当に、出て来なかったのかい？　姿を変えて、こっそり出て来たのかも……」

「たとえ姿を変えていても――」

遠慮がちな口調ながらも、伊助は言う。

「体つきを見れば、わかります」

東次郎も忠蔵も、もうそれ以上伊助にそのことを問い返すことはせず、気まずげに口を噤んだ。それ以上執拗に問えば、これまで全幅の信頼を寄せていた伊助の視力を疑うことになるだろう。

二

《唐津屋》源兵衛は考えた。

どうすれば、異母弟である《出羽屋》庄右衛門を破滅させ、《出羽屋》の身代をそっくり己のものにできるかを——。

ちなみに、《出羽屋》の主人は代々庄右衛門を名乗る。要するに源兵衛の望みは、自らが庄右衛門となることだった。

縁もゆかりもない東次郎と忠蔵が調べあげたとおり、源兵衛の歩んできた人生は悲惨の一語であった。

十《とお》になるかならぬかで親に捨てられ、生きるためには、あらゆる悪事に手を染めるしかなかった。悪事に悪事を重ねて生き延び、その分け前によって商いをはじめ、遂には財を成して堅気になった。

否、辛うじて堅気のふりをすることができた。

いまでも心は、平然と人の命を奪っていた虎狼《ころう》のままだ。虎狼のままだからこそ、血を分けた弟のことが憎くてしょうがない。

己と違って、何不自由なく育った者が、心の底から憎くてしょうがないのだ。

(親父の面《つら》を覚えてたのは、奇跡かもしれねえな)

《出羽屋》の先代をたまたま市中で見かけてあとを尾行け、その素性を知った。

母の住まいに通ってきていた頃のその男は、如何にも好き者然とした色男風だったが、二十年以上のときを経て、どこにでもいる平凡な老商人と化していた。

(あの頃の俺は、確か、鳶吉《とびきち》と呼ばれていたな)

幼い頃、その男に可愛がってもらった記憶は、確かにあった。それ故、多少風情が変わっていても、ひと目で父親だとわかったのだ。

あとを尾行け、お店をつきとめて、それが江戸でも有数の老舗《しにせ》の大店だとわかった瞬間、源兵衛の中に、確実になにかが興《おこ》った。

(許せねえ)

どす黒い怒りの感情だった。

大店の主人のくせに、我が子を引き取ろうともせず、無情にも見捨てた。確かに、父が母のもとを訪れることが格段に減ってきた頃、二人は顔を合わせれば喧嘩ばかりしていた。

だが、たとえ母と仲が悪くなっても、鳶吉のことは変わらず可愛がっていた筈だ。

それなのに、母が去り、一人取り残された鳶吉を、父は一顧だにしてくれなかった。

店賃が払えずに家を追われ、浮浪児となっている我が子を探そうともしなかった。

（そんな薄情な野郎が、もし突然訪ねて行ったとしてもてめえの子だと認めるかどうか……）

それ故源兵衛は、《出羽屋》を突き止めた後、すぐには父親を訪ねようとせず、様子を窺った。

当時の源兵衛は、既に商売をはじめていたが、《唐津屋》自体は未だ大店とはいえず、これからが正念場といったところであった。いっそ、《出羽屋》に乗り込み、先代の実子であることを楯にとって大金を押し借りすることも考えたが、この先長く堅気の暮らしをすることを思えば、ここで乱暴な真似をするわけにはいかない。

商売にうちこむうち、数年が過ぎた。

そんな矢先、あろうことか、《出羽屋》の先代・庄右衛門――源兵衛の父が、六十を過ぎてもなお、外に女を囲っていることを知った。孫のような歳の若い女だった。

（好色爺《じじい》め）

それを知ったときには、源兵衛は既に《唐津屋》の商いを軌道に乗せている。

なにしろ元手は潤沢にあったから、失敗する筈もなかったが。店を出すとともに娶った妻とのあいだには子も生まれ、まさに幸福の頂点にいた。

それ以上、なにも望む必要がないほどに恵まれていながらなお、旧怨を忘れることはなかった。

はじめて父親に会ったとき、

「旦那様」

源兵衛は、低く彼を呼んだ。

そのとき源兵衛は齢《よわい》四十余。下手《へた》をすれば別れたときの父親の年齢をすら超えていただろう。子供の頃とは、当然面《おも》変わりもしている。そんな見ず知らずの中年男から、いきなり「父さん」などと呼ばれたくはあるまいという、源兵衛なりの配慮であった。

「何方《どなた》かな?」

訝《いぶか》りながらも、《出羽屋》の先代は源兵衛に問うた。

このときの源兵衛は、高級な大島《おおしま》を纏った大店の主人である。それ故にこそ、いきなり訪ねていっても、座敷へ通してもらえた。尾羽打ち枯らした無宿人の風体《ふうてい》であれば、取り次いでさえもらえなかったろう。

「鳶吉でございます」

怪訝な顔で己を見ている父親に向かって、礼儀正しく源兵衛は名乗った。

「お久しゅうございます」

「鳶吉？」

「お忘れでございますか？」

少しく窺うような目をすると、

「忘れるわけがなかろう」

先代は忽《たちま》ち相好《そうごう》をくずした。

源兵衛が手土産《てみやげ》に持参した金紗の風呂敷の中身を想像しいるということはすぐにわかったが、さあらぬていでいた。

「鳶吉……おお、鳶吉か」

「鳶吉でございます」

源兵衛はもう一度名乗り、継いで、

「いまは、《唐津屋》源兵衛と名乗っております。私がわかりますか？」

現在の名と身分を述べた上で、ゆっくりと問うた。

「我が子のわからぬ親があろうか」

「では、お父様と呼んでもようございますか？」

「勿論じゃ、鳶吉」

父は、しかと彼の名を呼び、我が子だと認めてくれた。更に、

「もそっと近くに――近くに来るがよい、鳶吉」

源兵衛はするすると老人に躙《にじ》り寄り、恐る恐る伸べられた手をとった。昔は大きく思えた男の手が、このときは小さく弱々しく感じられた。

「鳶吉、ようも無事に……こんなに立派になって……」

「お父様……」

涙ながらに父を呼んではみたが、無論空涙《そらなみだ》にすぎない。

対面を果たし、息子と認められたからといって、それですべてを水に流せるほど、源兵衛の怨みは浅くない。寧《むし》ろ、より多くの怨みを含むこととなった。

その筆頭が、矢張り当代――異母弟の庄右衛門だった。

ことの次第を父から聞かされ、源兵衛を紹介されると、

「なんと、私の兄さんなのですか！」

庄右衛門は大仰に目を見張り、

「はじめてお目にかかります、庄右衛門でございます」

継いでその目に見る見る涙を溢れさせた。

どうせ空涙だろうが、その泣きっぷりは、源兵衛の目から見ても見事であった。老

舗の後継ぎとして生まれ育った自然な風格もあった。それが一層癪《しゃく》に障った。

（こいつが、《出羽屋》の後継ぎか）

と認識した瞬間から、庄右衛門に対する感情が出発した、といっていい。

己よりも遙かに恵まれていたであろう三つ年下の異母弟のことが、ただただ憎かった。

食うに困ったこともなく、何不自由のない暮らしを当然の如く享受してきたであろう弟を、できれば八つ裂きにして、肉も骨も残らぬくらいその屍《しかばね》を破壊し尽くしたいほどに、憎い、と思った。

幸いにして、《出羽屋》親子は源兵衛を認め、子として兄として尊重してくれている。それもこれも、源兵衛がひとかどの商人として彼らの前に現れたからに相違ない。一文無しの無宿人であれば、どうせ門前払いだ。

《出羽屋》に出入りするようになってから、源兵衛は密かにその内情を探った。

表向きは揺るぎない老舗の大店も、実情は必ずしも楽ではないようだった。殊に、倹約令が出され、奢侈《しゃし》が厳しく取り締まられるようになると、上物ばかり扱う大店の内情は苦しくなる。

「よい手がありますよ」

源兵衛は庄右衛門に知恵を授けた。

それは、さほど大きくはないが商いが順調でそこそこ儲けていそうな小商いの店に目をつけ、出店を持ちかけることだった。勿論、出店先の場所から資金繰りまで、すべて《出羽屋》が面倒をみてやる、という条件で。

その程度の手助けは、相応の人脈を持つ老舗の《出羽屋》にとって容易《たやす》いことだった。

出店の経営が軌道に乗ったところで、得意先に手をまわし、店への支払いを遅れさせる。貸し付けの際に交わした約定には、返済が滞《とどこお》った場合、店を引き渡すとの文言が記されている。

あてにしていた得意先からの入金がなければ、当然帳場は火の車だ。明日の仕入れにも事欠くだろう。そのときを狙って返済を求めれば、当然相手は払えないと言う。重大な約定違反だ。とはいえ、一度で取り上げるような無体はしない。が、二度、三度度重なれば話は別だ。

まさに、仏の顔も三度まで。三度続けて金を返せなければ店は取り上げる。

このやり方で、《出羽屋》は数年の間に己の店を増やしていった。

商売とは即ち信用であるというご先祖から伝わる誡《いまし》めを守るのであれば、老舗の

《出羽屋》は悪事に手を染めるべきではなかった。だが、目先の利益に目を奪われて、庄右衛門は易々と源兵衛の言いなりになった。

（なにが老舗の跡取りだ）

源兵衛はいよいよ庄右衛門に対する憎悪を強めた。

（いつかとって代わってやるからな）

その日は近いと確信している。

《高麗屋》の東次郎に目をつけたのは、その見た目が些《いささ》か気にくわなかったからという理由で、たいした意味はない。

とびきりの美男というわけではないが、男好きの年増たちから好まれそうな容貌と如何にもお気楽そうな風流人気取りが気にくわなかった。ただそれだけだ。

はじめて会ったのは、東次郎が彼を見知ったと同じ、飛鳥山の花見である。

店の奉公人と思われる若者二人と、とてもお店者には見えぬ面構えの年嵩《としかさ》の男を連れ、上機嫌で桜の下にいる様子が周囲から浮き上がっているように見えたのは、若者たちの容姿が際立っているからだとすぐにわかった。

「あれは誰だい？」

番頭・手代たちに問うたが、当然見知っている者はおらず、気の利いた者が密かに探りを入れに行った。

「《高麗屋》のご主人だそうでございます」

間もなく手代の一人が聞き込んできた。

「《高麗屋》?」

源兵衛は首を捻った。

聞き覚えがあったのだ。

「錺簪《かざりかんざし》が評判になってる、あの《高麗屋》かい?」

「はい。その《高麗屋》です」

「随分と若く見えるが?」

「あれでも四十は過ぎているようです」

「なんだ、若作りかい」

鼻先で嘲笑《あざわら》ったが、実年齢を知ると、苦労知らずらしいその朗らかな笑顔が一層鼻についた。

(どうせ親から譲り受けた店で小銭を稼いで、遊び呆けているんだろう)

と想像し、更に不愉快になった。

その後調べたところによると、親から受け継いだかどうかはさだかでないが、商売はほぼ番頭任せで、己は病弱を理由に店には殆ど出ず、暇さえあればふらふら遊び歩いているということだった。

月に一度発売される錺簪が若い娘たちのあいだで話題となり、店はそこそこ繁盛している。カモにするにはもってこいのお店といえた。

（いけ好かないといっても、別に、怨みがあるわけではないからな。店を奪うだけで許してやるよ）

東次郎のいけ好かない笑い顔が泣き顔に変わるところを想像して、源兵衛は一人悦に入った。

（別に、憎いわけではないからな）

源兵衛が本気で憎めば、押し込みに入って家財を根刮《ねこそ》ぎ奪った上、家人皆殺しにだってできる。それをしないのは、寧《むし》ろ温情というものだと、源兵衛は勝手に思っている。

（しかし、お気楽閑人《ひまじん》も、一人前に、儲け話に興味があったとはな。まあ、番頭にケツを叩かれてのことかもしれねえが）

東次郎と強面《こわもて》の番頭が《出羽屋》を訪れたことは、《出羽屋》に送り込んだ間者《かんじゃ》の報告でその日のうちに知った。

その後、何度も庄右衛門を訪ねては熱心に出店の話を詰めているようだ。やがてなにもかも失うことになるとも知らないで。

(この世に、欲のねえ人間なんていやしねえ。多いか少ないかの違いだけでな)

思ううちに、源兵衛の面上には、自分でも気づかぬうちに無意識の笑みが滲んでいた。もし盗み見る者があったならば、震えあがらずにはおれぬほど不気味な笑顔であった。

三

「庄右衛門に出店乗っ取りを勧めたのは、源兵衛だね」

東次郎は断言した。

源兵衛が《出羽屋》へ頻繁に出入りするようになってから、《出羽屋》のお節介——がはじまったとみてほぼ間違いないようだった。

「源兵衛はなんだってそんなことを勧めたんでしょうね」

忠蔵は首を傾げるが、東次郎は淡々と言葉を継いでいる。

「そんなの、《出羽屋》の評判を落とすために決まってるだろ」

「じゃあ、源兵衛は《出羽屋》を恨んでるっていうんですか?」

「当然だろ。先代には捨てられた怨み、庄右衛門には、父親の愛情をすべて奪われた怨みがある」

「じゃあなんで、頻繁に出入りしてるんです?」

「親しげにして安心させておいて、そのうち足を掬うためだろ」

「陰険ですね」

「あの顔見りゃあ、わかるだろ」

東次郎は大真面目な顔で言ってから、

「問題は、どうしてうちが目をつけられたか、だよ」

眉間に深く皺を刻みつつ言葉を続ける。

「私には、奴に怨みを買う覚えはないぞ。怨みというなら、怨んでるのは寧ろこっちだ」

「旦那様の素性を知ってるんですかね?」

「知ってるとしたら、なおさらだよ。おかしいだろ、どう考えても——」

「わかりませんよ、私には」

忠蔵は困惑顔で首を振る。

既に二合徳利が二本空いている。そろそろ酔いがまわってくる頃おいだろう。

一方東次郎は青白い顔色のままだ。

「目をつけたからは、私のこともある程度調べた筈だが、果たしてどこまで調べたものか」

「いくら調べたって、旦那様が《井筒屋》の遺児だなんてことはわかりゃしませんよ。せいぜい、十年くらい前まで調べられたら上出来でしょう。奴の配下に、お庭番でもいるなら話は別ですが」

「いたらどうする?」

「え?」

「お庭番が、いたらどうするよ」

「いるわけないでしょう」

「わからないよ。うちには伊賀者がいるじゃないか」

「………」

東次郎の屁理屈に忠蔵は当然閉口したが、

「そんなことより、《出羽屋》のほうはどうするんです? もうこれ以上は引き延ばせませんよ」

「ああ、《出羽屋》から引き出せそうなものは粗方《あらかた》引き出したから、もう行かなくてもいいよ」

「そういうわけにはいかないでしょう。さんざいい顔見せて、その気にさせちゃったんだから。……次は出店の候補地を探してきますよ」

「次なんかないよ。しらばっくれて行かなきゃいいだろ」

「そういうわけにはいかないでしょう。ガキじゃないんだから」

「どうして？　なにか言ってきたら、店のほうが忙しくて、とでも言っておけばいいだろ」

「だとしても、全く知らん顔はできませんよ。一言くらい挨拶はしておかなきゃ」

「面倒くさいね」

「それが大人の礼儀ってもんでしょう」

「でもそうすると、その挨拶とやらに行ったときに、また出店の話をされちゃうね」

「されるでしょうね。……けど、されてもいいんでしょう。旦那様この前、話進めてもいいって仰有《おつしや》ってましたよね」

「そりゃまあ、言ったけどさ。進めずにすめば、それにこしたことはないだろ」

「適当なこと、言わないでくださいよ。実際に《出羽屋》の相手をするのは私なんですよ」

「忠さんは別に《出羽屋》の旦那に緊張しないだろ。それだけ立派な押し出しなんだからさ」

「しますよ。緊張するかしないかに、外見は関係ないでしょう」

「緊張するの？」

「しますよ」

「どうして？」

「私だって、ああいう、いつも自信満々のお人は苦手ですよ」

「忠さんなのに？」

「どういう意味です？」

「だって忠さん、武家あがりじゃない」

「二刀を捨てて何年になると思ってるんです。もう、骨の髄まで商人ですよ」

「そうは見えないけど」

「じゃあどう見えるんです？」

「盗賊団の大親分」

「やめてくださいよ」

「忠さんこそ、もうやめなよ」

言うなり東次郎は忠蔵の手から徳利をとりあげた。

「いいでしょう、酒くらい、好きなだけ飲んでも」

「ああ、飲んでもいいよ。それでなにか良い思案が浮かぶのならね」

「…………」

忠蔵は黙って猪口《ちょこ》から手を離した。

なにも良い思案が浮かばぬことを、白状しているようなものだった。

四

「そっちはどうだ？」

「上方から江戸に帰る途中の商人だ。綾《あや》だの錦《にしき》だの、上等そうな荷をしこたま積んでる」

「なら、そっちをやろう。こっちはしけた古道具屋だ。金になりそうもない」

「宿を出たところを尾行けて、人気《ひとけ》のないところで……」

「ああ、多分夜明けとともに出立するはずだ」

囁くような低い話し声で目が覚めた。

隣で寝ていた忠蔵も、ときを同じくして目を覚ましたようだ。

「…………」

忠蔵が目顔で東次郎を制したのは、話し声が未だやんでいなかったためだろう。もとより、東次郎にもそれはわかっている。

話し声は、もとより堂の外から聞こえていた。おそらく、話し声の人数は三人以上だ。宿場まであと数里というところで日没を迎えてしまうのは、二人にとって特段珍しいことではない。幸い今夜は夜露を凌ぐためのお堂に潜り込むことができた。たとえ蜘蛛《くも》の巣だらけ埃だらけの廃墟であっても、野宿よりはましだ。

「余程、宿に泊まるのがお嫌いなんですな、旦那様は」

「宿場に行き着けなかったのは、私の所為《せい》だって言うのかい」

「二人しかいないんですから、私の所為でなければ旦那様の所為ということになりますな」

「ご挨拶だね、忠さん！　私はお前さんに言われる通り、一生懸命歩いたじゃないか」

「ええ、老い耄《おぼ》れ牛みてえな足どりでね」

「老い耄れ牛は言い過ぎただろう！」

「いえ、事実です」

「じ、事実かもしれないけど……」

「兎《と》に角《かく》、買い付けは終えたんです。一日も早く江戸に戻らないと、留守番してる伊助と卯之吉が飢え死にしますよ」

「二人とも、もう十五だ。飢え死にするような馬鹿じゃない」

「だからって、これ以上道草はごめんですよ」

「道草じゃなくて人助けだよ」

「道草どころか、厄介事に首突っ込む気満々でしょ、旦那様」

「だから、人助けだってば！」

「私はごめんですよ」

一頻り、いつものやりとりがあってから、どちらからともなく口を閉ざしたのもまた、いつもどおりであった。

互いに無言で常備食の干し飯《いい》を食し、無言のまま身を横たえて眠りに就いた。

そのまま、何事もなければ朝まで眠って体を休め、夜明けとともに出立する、というのが二人のあいだの暗黙の了解だ。

(そんなに私が悪いのか?)

己に問いつつ、東次郎はいつしか眠りに落ちた。

夢を、幾つか見たかも知れない。夢をよく見るが故に、東次郎の眠りは常に浅い。

男たちの低い話し声は、東次郎にとっては夢の続きであった。

かつて、忠蔵とともに山中で過ごした数年間のあいだ、修練の果てにさまざまな能力を身につけた。

主に体技ではあるが、それ以外、説明し難い不思議な感覚も身についている。

一つは、不可解なほどに鋭い聴覚だ。

身近なところで、全く聞き覚えのない赤の他人の話し声がすると、たとえ壁一枚隔てていようとも、必ず目が覚めてしまう。人外の自然の中で過ごすうち、偏《ひとえ》に感覚が研ぎ澄まされた故なのか。

或いは、複数の話し声は危険であるということが、あの惨劇の夜以降、彼の体にしかと刻みつけられたからなのか。

東次郎にはわからなかった。

わからなかったが、これまで、その不可解な聴覚故に、何度も危機を回避してきた。

(これは天命だ)

と東次郎は信じている。

天命には順《したが》わねばならない。

やがて、外の話し声がやみ、人の気配が完全に遠く去るのを待ってから、

「賊だね」

「賊ですね」

二人は確信した。

「賊は、宿場の中でも目立って大きな旅籠《はたご》に入り込んで客を物色し、めぼしい客を見つけては襲う。噂どおりですね」

「仲間は何人いると思う？」

「さっき外で話してた奴らだけなら四人ですね」

「四人なら、私たちで楽にやれるね」

「確かに四人だけならそうでしょうが、裕福そうな絹物問屋の荷駄を襲うのに、たった四人とは考えられませんね」

「たぶん、二人ずつ組になって宿場の旅籠を探ってる。忠さんのよみに間違いなければ、賊の総人数は、四人でなかったとしても、せいぜい六人だ」

「何故わかります？」

忠蔵は真顔で問い返した。

忠蔵の真顔は即ち激昂したるに同じ、だ。東次郎はしばし答えを躊躇《ためら》った。だが、忠蔵が如何に激昂しようと、成さねばならぬことがある。

「わかるだろう？　奴らは旅先で商人の荷駄を奪うのが目的だ。宿場に紛れ込んでカモがいないか物色してる。仮に伏兵がいたとしても、せいぜい、あと二、三人だろう。総勢六、七人。それ以上多ければ人目につく」

「宿場の中では別々に行動して、宿場の外で集まるんでしょう。それなら、大所帯でも問題ない」

「十人以上の大所帯になると、分け前が減るよ」

「え？」

「大名家の姫の嫁入り道具でもあるまいし、旅の荷駄隊が運んでくる荷なんてたかが知れてるだろう」

「まあ、それは……」

「だから、それ以上いたとしても、主力の仲間はせいぜい五、六人で、あとは小銭で雇われた有象無象《うぞうむぞう》だよ。……忠さんと私なら、なんとかできる筈だ」

東次郎の言葉をしばし聞き流してから、

「しょうがないなぁ」

忠蔵は依然渋い顔つきで言った。

「その代わり、やるときは、躊躇わずに、さっさとやっちゃってくださいよ」

「どういう意味だい？」

「旦那様はいざとなると妙な仏心を出しやがる、ってことですよ。けどそれは、命取りになりますからね」

「わかってるよ」

やや憮然として、東次郎は答えた。

店の主人と番頭という関係性故、忠蔵は一応東次郎に対して敬語を使うが、頭ごなしの小言口調は変わらぬままだ。おそらくそれは一生変わらないだろう。


季節柄、夜明けが早い。

払暁の闇は既に去らんとしている。

荷駄を引く人足たちは黙々と己の務めを果たす。数日前の雨で湿った泥土を車軸に絡めながら、荷駄は進んだ。

荷駄を引く者は、一台につき二人の人足のみ。荷駄は全部で三台あるため、人足は総勢六人であった。

荷駄の少し後ろから、お店の主人然とした初老——年の頃なら五十代の後半か六十がらみの男が、悠然と歩を進めて来る。

その堂々たる姿は確かに主人として相応《ふさわ》しいものだったが、何者かが襲って来るやもしれぬ危険な峠道で、ろくな護衛の者も連れていないというのは、不用心以外のなにものでもなかった。

主人と思しき初老の男は、手っ甲脚絆に菅笠を持ち、角帯の上に胴じめを締めた旅姿ではあるものの、茶紺《ちやこん》の棒縞の着物の裾は端折《はしよ》らず下げたままだった。股引《ももひき》姿を曝すことを嫌ってのことだとしたら洒落《しやれ》者には違いないが、山道の歩きにくさを少々甘く見ていると言わざるを得ない。その証拠に、彼の歩みは荷駄を押す人足たちよりもまだ遅い。

腰には、当然道中差を帯びている。町人であっても、旅に出る場合は帯刀が許されていたのだ。それほどに、旅路には多くの危険が伴う。

初老の男は、飄《ひよう》々《ひよう》たる風格で荷駄の後方を歩いていたが、つと足を止めた。

前方に、不審な男たちが現れ、その行く手を阻んだからに相違なかった。

「なんだ、お前たちは——」

「命が惜しければ、荷をそこに置いて去れ」

賊側の首領が、存外静かな口調で言った。

賊どもは皆、薄汚れた木綿単衣《もめんひとえ》に半袴《はんばかま》といういでたちで頬被《ほおかむ》りをしたところは土地の百姓とそう変わらない。手にした得物も、長脇差や匕首《あいくち》、短刀を持つ者が半分、あとの半分は鍬《くわ》や鎌《かま》を手にしている。或いは、本来の盗賊の仲間は東次郎の目算の半数ほどで、あとの半数は現地で雇われた食い詰め者かもしれない。

「………」

初老の男はあからさまに顔を顰《しか》めたが、無言で数歩後退《あとずさ》った。

道中差こそ帯びているものの、当然剣の心得などはなく、複数の敵を相手にすることは到底できまい。

前途を塞ぐ賊の人数は総勢六名。人足たちが心を合わせて立ち向かえば敵《かな》わぬこともあるまいが、金で雇われただけの彼らにそんな気はさらさらあるまい。賊の出現とともに荷から離れ、ジリジリと後退りはじめている。

「どうする、忠さん？」

東次郎は囁いた。

襲う側と襲われる側が睨み合う峠道の、そのちょうど中間あたりのくさむらに、二人は身を潜めている。

賊の話を盗み聞いてから、襲撃の場所を特定するまで、さほどのときはかからなかった。近くに見晴らしの悪い恰好の峠がある以上、襲撃に使わぬ筈がない。

そこで、先回りして予め身を潜めることに成功した。

「あの爺さん、おとなしく引き下がりそうです。爺さんが去って、奴らが荷を手にしたところを背後から狙おう」

「承知」

忠蔵の計画に、東次郎は瞬時に同意した。

初老の男はジリジリと後退るが、踵《きびす》を返して逃げ出そうとはしない。或いは、恐怖のあまり足が竦《すく》んで逃げられないのかもしれない。

人足たちの姿は既に何処にも見られない。

「野郎どもッ」

首領と思しき男が命を発するまでもなく、一味は荷駄に向かって殺到した。

「すわッ！」

忠蔵と東次郎も直ちにくさむらから飛び出す。忠蔵は用意してきた粉薬を開いた扇《せん》子《す》の上にあけ、パタパタと小刻みに仰ぐ。すると粉薬は風にのり、忽ち風下へと振りまかれる。

「あれ、なに？　痺れ薬？」

「毒だ」

「うわ、えげつないね」

「いいんですよ、どれくらい効くか、試してみるだけですから」

「自作なの？」

「まあね」

「でも、全然効かないね」

「そんなにすぐには効きませんよ」

「すぐに効かなきゃ意味ないだろ」

待つこと、しばし。

「もう少し、もう少し……」

「けど、グズグズしてたら、荷物持ってかれちゃうよ」

東次郎は堪えきれず、素早く賊の背後に忍び寄ると、両の袂《たもと》から複数の鍼《はり》を放つ。

スン！

「おぁ！」

スン！

「げぇ！」

スン！

「うぐ！」

放たれた鍼は、荷駄に取り付く賊たちの項《うなじ》へ、過《あやま》たず突き刺さり、瞬時に奴らを昏倒させる。

「誰だ！」

顔色を変えて東次郎のほうを顧みた首領の眉間にも、

「あっ！」

次の瞬間、見事に鍼が刺さっている。

瞬《またた》く間に、賊の半数以上が東次郎の鍼に倒れ、

「…………」

残された者たちが言いようのない恐怖に襲われた次の瞬間——。

ばさッ、
残された者たちもほぼときを同じくしてその場に頽《くずお》れた。

「やっと効いたか」

忠蔵はすさかず走り寄り、倒れた男たちの顔と体を確かめた。

「死んだの？」

恐る恐る東次郎が問うと、

「少し時間がかかりすぎましたけどね。……この処方はだめだな。はじめからやり直しだ」

東次郎の鍼を回収しながら忠蔵は答え、言葉の後半は己に言い聞かせるように独りごちる。

「ねえ、忠さん」

「なんです？」

「この荷、おじさんに返してあげないか？　急いで追いかければ追いつけるだろ」

「そうですね。追いかけましょう」

「私のことでしたら、追いかける必要はありませんよ」

「え？」

不意に声をかけられて、東次郎と忠蔵は同時に驚いた。

「私なら、ここにおりますよ」

振り向くと、とっくに道を下って逃げ去ったとばかり思われた初老の男が、最前までとさほど変わらぬ位置に立っている。どうやら賊のほうに集中しすぎて、二人の目には入らなかったようだ。

「逃げなかったんですか」

「億劫《おっくう》ですからね」

　東次郎の問いに、事も無げに男は答える。

「私たちがいなければ、殺されてたかもしれませんよ」

「荷を置いて去れば、命は奪わぬ、と言ってましたが……」

「盗賊の言うことなんか、あてになりますか！」

　東次郎が思わず声をはりあげると、

「そう言われましても……」

　初老の男は困惑した。

　奇妙な男だった。盗賊を前にして少しも狼狽《うろた》えぬ落ち着きぶりは、叩きあげの商家の主人と思わせるに充分ではあるものの、その盗賊たちを瞬時に倒した得体の知れぬ二人組——東次郎と忠蔵に対しても、あまりに無防備が過ぎる。

「お二方は、隠密殿ですかな？」

「………」

単刀直入に問われて、東次郎と忠蔵は互いに無言で顔を見合わせた。

この状況で、一体どう言えば相手に信頼してもらえるか。

盗賊は命を取らぬと言ったのに、東次郎らは瞬時に賊どもの命を奪った。どう贔屓《ひいき》目に見ても、悪党は彼らのほうである。

「それとも、盗賊ですか？」

「いや、その……」

「少なくとも、盗賊ではありません」

東次郎は必死に訴えた。

「では、私も殺すかね？」

「まさか！」

「荷は、お返しします。はじめから、そのつもりでした」

東次郎と忠蔵は口々に言い返す。

「なんなら人足たちも連れ戻しますか？」

「どうせまだ、そのへんにいるでしょう」

「…………」

初老の男はしばらく無言で、焦る二人を見つめていたが、

「よかったら、その荷、お前さんたちにあげるよ」

「え？」

「倹約令が出て、贅沢品が売れなくなる前に、江戸でもうひと稼ぎするつもりだったが、なんだか面倒になってしまった。どうせ盗賊に持ち去られたと思えば惜しくないわ。……恩人のお前さんたちに差し上げよう」

「そんな、自棄《やけ》になっちゃいけませんよ」

「そうですよ。人足を呼び戻せなかったら私たちで内藤《ないとう》まで運びますから、そこで新しく人足を雇ったらいいでしょう」

東次郎と忠蔵は懸命に言い募った。

諦めきったようなその男の態度に、不安を覚えたからに相違なかった。

「そ、それに、私たちがいただいても、どうにもなりませんよ。上物の反物《たんもの》なんて、素人《しろうと》には捌く術がありません」

「盗っ人仲間の伝《つて》があるだろう」

「え？」

「この賊どもだって、それがあるからこそ、荷を奪おうとしたんだろう。だったら、あんたたちも、それを使えばいいじゃないか」

「再三申し上げますが、私たちは盗っ人じゃありませんよ」

　再びをそろえて、二人は言った。

「え？　盗っ人じゃないのかい？」

　男は当然目を見張る。

「盗っ人か、盗っ人じゃないかでいえば、少なくとも、盗っ人ではありませんよ。自慢じゃありませんが、他人様《ひとさま》のものに手をつけたことは一度もありません」

　東次郎は答え、

「盗っ人に奪われたことはありますけどね」

　続いて喉元まで出かかる言葉を間際で呑み込んだ。言えば話が面倒になる。

　だが、

「なんだあんたら、盗っ人から盗む盗っ人じゃないのかい」

　男は忽ち落胆したような声を出し、まじまじと二人を見る。

「盗っ人から盗む盗っ人？」

「なんです、そりゃあ？」

　東次郎と忠蔵は口々に問い返す。

　それは、実に不思議で不可解な言葉であった。これまで一度も耳にしたことはなく、当然耳に馴染みもない。

「盗っ人から盗む盗っ人、知らないのかい？」

「存じません」

「聞いたこともございません」

「そうか。知らないのかい」

男が意外そうな顔をしたのが、寧ろ二人には心外であった。まるで、知らぬのが恥であるかの如く感じられたのだ。

盗っ人から盗む盗っ人――。

それほど広く世間に知れ渡った存在なのか？

「だったら、おまえさんたちがなってみたらどうだい？」

「え？」

「お前さんたちがやればいいじゃないか、盗っ人から盗む盗っ人を――」

「え？　え？」

「私たちが、ですか？」

「面白いじゃないか。……そんな盗っ人がこの世に一人くらいいても」

「私たちに、盗っ人になれと仰有るのですか？？」

「お前さんたち、他人様のものに手をつけたことはない、と言ったが、盗っ人から奪うなら問題ないだろ」

「…………」

二人がぼんやり男を見返していると、

「じゃあな」

やがて踵を返した。

「あ、あの、ご主人、本当に荷を置いてく気ですか？」

慌てて男に声をかけた東次郎の足下に、バサリと音をたててなにかが落ちた。

片手にとれるほどの大きさの小冊子であった。どうやら踵を返したとき、男の懐《ふところ》からこぼれ落ちたらしい。

「落とし物ですよ、ご主人――」

拾いあげ、更に男を追おうとすると、

「要らない。あげるよ。……京の古本市で手に入れたが、私には用のないものらしいから」

見向きもせずに背中から言い捨て、足早に去っていった。

（なんだよ。早く歩けるのかよ）

と些か不満を覚えつつ、そのとき思わず足を止めてしまい、それ以上男を追おうとしなかった己の了簡が、東次郎には自分でもよくわからない。

あとになって思い返してみても、わからなかった。

拾いあげた黄檗《きはだ》色の冊子の表紙には、

『偸盗人別帳』

と書かれている。

「なんだい、そりゃあ?」

忠蔵が背後から覗き込んで問う。

「さあ……」

パラパラと丁《ちょう》を捲《めく》ってみて、

「え?」

東次郎は思わず手を止めた。

「どうした?」

「これは……」

人の名らしきものが多数記されていたのは、人別帳というからには当然であろう。

問題は、それが誰の名か、ということだ。

「《伊那《いな》》の箕吉《みのきち》、《羽場《はば》》の権蔵《ごんぞう》、《戸渡《とわた》り》の亥之介《いのすけ》、《浮《う》き橋《はし》》の金二郎《きんじろう》……二つ名を持つ者ばかりだ。ということは、つまり……」

「つまり？」

「これは、盗っ人の人別帳というわけだ」

「まあ、偸盗って書いてありますからね」

「本物かな？」

「さあ……」

少しく首を捻ってから、

「それより、荷はどうするんですよ、旦那様。このままじゃ、私たちが荷を奪った下《げ》手人《しゆにん》にされちまいますよ」

忠蔵はつと真顔になって言う。

「仕方ないね。番屋に届けるしかないだろう」

「番屋に？」

「私たちが通りかかったら、この有様だったって言えばいい。悪党同士が欲にかられて同士討ちした、と思ってもらえるだろ」

「なるほど」

「荷は、しばらく宿場の代官所のお預かりになるだろうから、おじさんの気が変わって戻ってきても、持ち主だといえば返してもらえるだろう」

事も無げに言った東次郎の視線は、だが手許《てもと》の冊子の紙面に落とされたきり、釘付けになっていた。

五

それは、いまから十五年ほど前のことになる。

八王子にちょっと変わった細工物を作る職人がいると聞き、忠蔵と二人で出向いた。東次郎を一人で行かせることを不安に思い、強引について来たのだ。その帰り道でのことだ。

あの日の出来事が、果たして現実のものだったのか。

いまとなっては東次郎にも自信はない。だが、荷駄を襲った盗賊は確かに存在したし、東次郎と忠蔵は確かに彼らを山中で葬った。荷駄の持ち主である初老の主人も存在したし、彼が存在したからこそ、『偸盗人別帳』が現在彼の手中にある。

だが、ときが過ぎ去るほどに、夢としか思えなくなっていた。

「あれは大方《おおかた》、高尾山《たかおさん》の天狗《てんぐ》でしょう」

日頃は怪力乱神を語らぬ忠蔵までが、後日そんなことを言いだして東次郎を甚《はなは》だ呆れさせた。

「天狗がなんのために商人の姿で現れたの？」

「知れたこと！　悪人を成敗するために決まっておりましょう」

「高尾山の天狗が悪人を成敗するだって？　そんな話、聞いたこともないよ」

東次郎は冷たく一笑したが、天狗はともかく、忠蔵の言うことも一理あると思っていた。

そうとでも思わねば、この件には奇異が多すぎた。

先ず、荷の持ち主である初老の商人が忽然と姿を消し、以後荷を引き取りに現れなかったということ。

次に、当のその商人であるが、忠蔵の持つ情報網の伝《つて》という伝を使って調べあげた結果、人相風体、年格好などから、当時江戸で有数の太物問屋《相模屋《さがみや》》の主人・宋《そう》右衛門《えもん》ではないか、と結論できた。商人ながらも剛毅な人物で、反物の買い付けは常に自ら出向くことでも有名だったが、東次郎と忠蔵が山中で出会ったその当時は家におり、しかも病の床にあった、という。

仮に、相模屋の主人と山中の商人がまるきりの別人だとしても、彼が落としていった『偸盗人別帳』はいまなお東次郎の手にあり、そこに記された盗賊の名は、すべて実在のものであった。

もとより、両者の因果関係は不明である。

（けど、この人別帳には続きが……下巻がある筈《すが》——）

東次郎は、一旦閉じた冊子を無意識に矯《た》めつ眇めつする。

表紙には書かれていないが、奥付の最後に、実は掠れかかった文字で、小さく「上巻」と書かれている。上巻があるからには屹度《きっと》「下巻」がある筈だ。そんな単純な理由だけで、東次郎はいまも人別帳の続きを探し続けている。

「一日中籠もりきりでなにしてるかと思えば、またそんなもん見てるんですか」

隠し部屋に入ってくるなり、忠蔵は顔を顰めた。

「もう、いいでしょう、人別帳は」

「よくないよ。忠さんは気にならないの？」

「なにがです？」

「いつ誰が、何の目的でこれを作ったか、がさ」

「今更そんなこと考えたって、しょうがないでしょう」

「けど、ここに書かれた盗賊は実際に存在したし、情報もかなり詳細だった」

「全員が実在したかどうかはわからないでしょう」

「そりゃまあ、わからないけどさ」

「だったら、わからないことを気にかけたって仕方ないでしょう」

「しょうがないだろ、気になるんだから」

「だから、一体なにが気になるってんです？」

「うん……」

強めに問い詰められると、途端に東次郎は元気がなくなった。忠蔵には、なんとなく聞かせたくないのだ。どうせわかってもらえないことはわかっている。

「別にいいですけどね」

話してもらえそうにないことがわかると、忠蔵は忽ち不貞腐《ふてくさ》れたように言う。

「いまのところ、旦那様にやってもらえそうなことはなんにもないし、下手に外をうろつかれるよりは、引き籠もっていられたほうがまだましってもんです」

「《出羽屋》への挨拶でもなんでも、行けと言うなら、何処へでも行くよ」

「結構です」

捨て台詞《ぜりふ》のように言って、忠蔵は東次郎のすぐ横を素通りした。東次郎がゴロゴロしている部屋の更にその奥に、忠蔵の管理する薬部屋がある。忠蔵は忠蔵で、店の休みにはそこに終日入り浸ることが多かった。

（やれやれ……）

内心長嘆息しながら、だが東次郎は、無意識に再び人別帳を開いている。

気になるのは、その最後の頁に載っている、

《大凶《だいきよう》》の鬼五郎《おにごろう》

という盗賊の名であった。

字面のせいで不吉な感じがするのは当然だが、それ以外にも、なにか違和感がある。

気のせいかもしれないが。

その名以外、鬼五郎その人についての記述はなにもない。手下の数も、どのような盗みを働くのかも、なにも書かれていなかった。名の知れた大盗賊になるほど、世に知られていることは多く、当然記述も多い。

（禍々《まがまが》しい名の割には意外と小者なのかな、鬼五郎親分）

とも思ってみるが、所詮埒《しょせんらち》もない空想にすぎない。

（或いは、この項だけ書きかけだとか？）

もし続きがあるなら、その可能性も大いにあり得る。

（どんな奴なのかなぁ、《大凶》の鬼五郎。……絶対いやな奴だろうなぁ）

思いつつ、東次郎は再びゴロリと身を横たえた。そのまま目を瞑《つむ》れば、忽ち睡魔が訪れることだろう。

第五章　盗っ人問屋

一

その夜、例によって隠し部屋での密談の後、忠蔵が東次郎を誘ったのは、隠し部屋の奥にある薬部屋で、日頃から忠蔵によって厳重に管理され、忠蔵以外の者が勝手に出入りすることはない。

中にはほんの一滴で瞬時に命を奪うような猛毒も保管されているため、東次郎も敢えて出入りはしない。それほどの猛毒であれば、たとえ口にせずとも、誤って触れるだけでも体に害があるに違いない。

「旦那様、ちょっと――」

「なんだい、忠さん？」

「お見せしたいものがあるんです」

　珍しく笑顔を向けられて、東次郎は無意識に警戒した。忠蔵が自ら笑顔になるなど、よくよくのことだ。東次郎にとっては、これから起こり得るあらゆる災難の予兆でしかない。

「どうしたの、忠さん？　なんだかご機嫌じゃないか。富突《とみつき》でも当たったのかい？」

　訝《いぶか》って探りを入れる東次郎に、

「富突？　私がそんなもの買うと思いますか？」

　忠蔵は一向悪びれず、いよいよ剣呑な笑顔を見せる。

「自分で買わなくたって、誰かに貰うこともあるだろ」

「てめえで買ってもなかなか当たらないのに、たまたま貰ったもんが当たるわけないでしょう」

　上機嫌なままに忠蔵は言い、先に立って東次郎を誘う。

「入っていいのかい？」

　恐る恐る訊ねると、

「どうぞ」

　忠蔵は答え、そっと障子をひいて、注意深くそろそろと中に入る。東次郎もそれを見習ってそろそろとあとに続いた。

入る際、袂《たもと》で口を被《おお》うことを忘れない。

（薬の粉が、そこいらじゅうに舞ってるかもしれないからね）

中は三畳ほどの広さだが、いくつかの薬研《やげん》の他、天井まで高く設《しつら》えた棚には多数の薬瓶が置かれている。几帳面な忠蔵らしく、どれも綺麗に並べられ、床にも棚にも塵一つ落ちてはいない。

だが、

「見てください」

と忠蔵が東次郎に差し出して見せたのは、小さな鉢植えの花だった。否、花は未だ咲いておらず、実際には青い蕾《つぼみ》であったが。

「なに？　珍しい毒草？」

「これは、『夜光玉《やこうぎょく》』です」

「『夜光玉』？」

「唐《から》の国の伝説の花ですよ」

「伝説の花？……それ、どうしたの？」

「盆と正月で長崎に行くたび、薬種屋に頼んでいたんですが、なかなか手に入らず……これは五年前長崎で手に入れた苗です。五年かけてやっとここまで育ったんです」

「…………」

興奮気味に頬を上気させながら忠蔵が言うのを、半ば呆気にとられて東次郎は聞いていた。

「この前、旦那様、戯《たわむ》れに操心術《そうしんじゅつ》が使えたら、なんて言ってたでしょう。あのときは荒唐無稽な戯れとしか思えなかったんですが、それからまもなく、苗がここまで育ってるのを見つけまして……」

「ここまで育つのに五年かかったってことかい？」

「十年かかる場合もあるそうです。五年なら、早いほうですよ」

「ふうん、そうなんだ。……それで？」

「これは、幸運を呼び込む花なんです」

「幸運を？」

（おいおい、操心術はどこいったんだよ？）

直ちに口に出したい問いを、東次郎は間際で呑み込む。

「『夜光玉』さえ咲いてくれたら……」

「できるのかい、操心術！」

もとより、忠蔵の呟きを、東次郎は聞き逃さない。

「できるかどうかといえば……」

「なに、なに？」

東次郎は思わず身を乗り出す。

「操心術は無理でも、無理矢理口を割らせることはできるかもしれません」

「この『夜光玉』に、そんな力が？」

「いえ、『夜光玉』にはそんな力はありません」

「え？」

「『夜光玉』は、あくまで幸運を呼び込むもので、なんらかの薬効があるわけではありません」

忠蔵は大真面目な顔で言い、東次郎を落胆させる。

「じゃあ、一体どうやって？」

「この前卯之吉を山に連れてったときに、話したんですよ」

「なにを？」

「伊賀者が、敵の間者《かんじゃ》を捕らえて口を割らせるときに用いる薬の話です」

淡々と述べつつ、忠蔵は鉢植えを東次郎の手から取り返し、大切そうに元の棚に戻す。

「その薬、作れるの？」

問うてから、だが東次郎はすぐ首を傾げ、

「けど、卯之吉がうちの子になったのはまだ十にもなってない、ほんの子供の頃だよ。薬の処方がわかるのかい？」

忠蔵の答えを待たずに重ねて問う。

「それはさすがに無理でしょうな」

「じゃあどうするの？」

「そう急《せ》かないでください。……子供に薬の処方はわからずとも、生まれ育った村の山野に生えていた植物のことはよく覚えているもんです」

「だから？」

「卯之吉の話を聞く限りでも、伊賀の里というのはどうやら隠れ里のようなもので、外とは一切交流していません」

そこまで言って、忠蔵は一旦言葉を止めた。

「だからなんなんだよ！」

「まあ、聞いてください」

焦《じ》れる東次郎を、忠蔵は厳しく制する。

東次郎は黙らざるを得ない。

「ということは、卯之吉の村では、食糧その他、すべて自給しているということです。代々伝わる秘伝の薬があるなら、その原材料はすべて里の中に自生しているか、栽培されているか。……いつでも気軽に手に入るものでなければなりません」

「なるほど」

東次郎は漸《ようや》く得心した。

「卯之吉は、たとえ薬の処方はわからなくても、村にあった植物ならすべて覚えてるってわけか」

忠蔵は無言で頷く。

「それで、あいつを山に連れて行って、材料を揃えはじめたところなんですよ」

「あ、揃えはじめたところなの」

「この前行ったときは、なんと、楮《こうぞ》と伏苓《ぶくりよう》が手に入りました。幸先がいいですよ」

「そうなの？」

「そうですよ。どちらも珍しい植物で、そうそう何処《どこ》にでも生えてるってもんじゃありませんから」

「へぇ、そうなんだ」

　東次郎が既にそのことへの興味を失いつつあることに、忠蔵は全く気づいていない。

「だから、次は少し遠出しようかと思ってます。いつも同じ山ばかりじゃ埒《らち》があきませんからね」

「そうだね」

「ただ……」

「なんだい？」

「卯之吉はいやがらずにつきあってくれるでしょうかね」

「さあ、どうだろう」

「やっぱり、いや…ですよね？」

「気にしてるのかい？」

「そりゃあ、気にしますよ。旦那様に言わせりゃ、遊びたい盛りの若いやつを、休みの度に薬草採りなんかにつきあわせて、いやがられないわけがない」

「卯之吉はああ見えてはっきりものを言う子だから、いやならいやだと遠慮せずに言うだろう」

「そうですかねぇ。……いや、はっきり言ってくれりゃあ、無理強《じ》いするつもりはないんですけどね」

「それで、あとどれくらいの薬草が必要なの？」

「そうですねぇ。これぱっかりは卯之に見てもらわないとはっきりとは言えねえんですが、おそらく、あと五、六種類は……」

「五、六種類ね」

（やれやれ）

東次郎は心中深く嘆息した。

（完成するまで、一体どれくらいかかるんだよ）

という言葉は、無論口には出さない。

忠蔵の様子からみて、かなり真面目にそのことに取り組んでいるのは間違いない。それ故、なにも言う気はないが、日頃神頼みなどしたことのない忠蔵が、『夜光玉』とやらのご利益をすっかり信じ込んでいるようなのが些《いささ》か気がかりだった。

（忠さんも、疲れているのかな）

心身共に忠蔵を疲労困憊させている理由の大半は《出羽屋》との交渉なのだと思うと、本来己が為すべき仕事を丸投げしている後ろめたさとも相俟《あいま》って、かける言葉が見つからなかった。

「『夜光玉』……早く咲くといいね」

　薬部屋を出るとき、その背に低く囁いたが、果たして一心に『夜光玉』の鉢を見つめる忠蔵の耳に届いたかどうか。


「神田の店の奉公人は、全員盗っ人です」

　数日のあいだ《唐津屋》の神田店を見張っていた伊助がとんでもない報告をしてきたとき、東次郎はさほど驚きもせずに聞いていた。

「店には常時主人の代理の大番頭がいて、終日帳場に座ってますが、それ以外には若い手代が十人くらいと、丁稚《でっち》が数人。掃除だの在庫の整理みたいな雑用はすべて丁稚の仕事で、手代はほんの二、三人が外回りに出る以外、それ以外の奴はろくに仕事もしてません。それもその筈、昼間は寝ていて、夜になると仕事に出かけるんです」

「それは本当か？」

　忠蔵は多少驚いた様子を見せたが、

「やっぱりそうかい」

　東次郎は全く顔色を変えなかった。

顔色を変えず、久しぶりに蔵から出してきた染付の茶碗を丁寧に拭いている。元々六個組だったのが、一つ欠けてしまったとかで格安の値で手に入れた。煎茶用に求めたものだが、普段使いにするのが惜しくてなかなか使う気になれない。

綺麗に拭いて、しばし眺めて、またしまう。

「旦那様はご存知だったんですか？」

忠蔵に問われて、

「いや、別に知ってたわけじゃないが……」

と少しく言い淀んでから、

「《出羽屋》の宴席が《すめらぎ小僧》に襲われたときから、あのこそ泥は、《出羽屋》か《唐津屋》のどちらかと繋がりがあるんじゃないか、とは思ってたよ」

だが言いたくてウズウズしていたかのように一気に言い切った。

「本当ですか？」

忠蔵に半信半疑な顔をされると忽《たちま》ちむきになり、

「だってそうだろ。如何に神出鬼没の義賊とはいえ、なんの手引きもなしに、あんな大胆な真似ができるもんじゃない。予《あらかじ》め、協力者をあの場にもぐり込ませてたに決まってる」

強い語調で言い募る。

「はいはい、さすがの御炯眼《ごけいがん》ですね」

忠蔵の憎まれ口は黙殺して、東次郎は茶碗を拭き続けた。

忠蔵も苦労続きでだいぶ弱っている。幸運を運ぶ『夜光玉』とやらが咲けば少しは気も晴れるのだろうが、五年かけてやっと育った蕾はまだまだ固く、当分咲きそうになかった。

（考えてみれば、忠さんも歳だ。私がしっかりしないとな）

思いつつ、ふと忠蔵を顧みると、

「しかし、奉公人が全員盗っ人って……つまり、店ぐるみ盗っ人宿ってことでしょう。なかなか思いつきませんよ」

存外感心したような顔つきで言う。

「うちも似たようなもんだろ」

つい言い返してしまったが、

「うちは真逆でしょう。一緒にしないでください」

忠蔵が軽く憤慨するのを見て、東次郎は内心ホッとした。至極まともな反応だ。

「それにしても、盗っ人を丸抱えして、一体なにをしでかすつもりなんでしょうね、

《唐津屋》は」

「もう既にしでかしてるだろ」

「なにをです？」

「盗っ人の稼ぎで商売してるんだよ。《唐津屋》はもうとっくに堅気《かたぎ》じゃないよ」

「もう随分前からやってたんでしょうかね」

「《すめらぎ小僧》とやらが江戸に出没しはじめてそろそろ一年だから、少なくとも、それくらい前からはやってたんだろ」

「盗みに入るお店も、《唐津屋》が事前に調べて手引きしてたんでしょうね」

「だろうね」

「とんでもねえ野郎ですね」

忠蔵の語調からは憤慨の気色が消えない。

「ああ、とんでもねえ野郎だ」

ぼんやり同意しながら、東次郎はふと首を傾げる。

「堅気のふりして盗っ人の手引きをするなんざ、許せないね」

「ええ、許せませんよ」

忠蔵は力強く同意する。

「それに、奴はいまにもっと阿漕《あこぎ》なことをするよ」

「どのような？」

「あれほどの悪党が、小さな盗みを繰り返すためだけに盗っ人を飼ってるわけがないだろ」

「一体なにをするつもりだと？」

「復讐だよ」

「復讐？」

「言ったろ、源兵衛は《出羽屋》親子を恨んでる。《出羽屋》に復讐するのが奴の目的さ」

「まさか、《出羽屋》に押し入るっていうんですか？」

「何《いず》れはね」

「そこまでしますかね？　いくら恨んでるからって、実の親と弟でしょう」

「盗っ人あがりの外道《げどう》に、親子だの兄弟だのの情なんてあるわけないだろ」

「…………」

「《出羽屋》を襲うだけじゃなく、もっとえげつないこと考えてると、私は思うな」

「え？」

「たとえば、庄右衛門を殺して、自分が取って代わる、とか」

「どうやって?」

「店に火をつけて全部燃やして、顔に火傷《やけど》を負ったとか言って、庄右衛門になりすます」

「なりすませますかね」

「家族も奉公人もみんな燃やしちまえば、できないことはないだろ」

「全部燃やしちまったら、なりすましても仕方ないのでは? 押し込まれた時点で、《出羽屋》はもうおしまいでしょう」

「それくらい残酷なことも、やりかねないってことだよ」

嘆息まじりに東次郎は言い、それを最後に押し問答を終えた。

茶碗は、注意深くしまわねばならない。

二

「随分少ないな」

ジロリとひと睨みされただけで、その場にいる者は例外なく、一人残らず竦《すく》み上がる。

決して語気を荒げるでもない、ごく普通の話し声、ごく普通の語調だ。

だが、

「これは一体どうしたわけだ？」

叱責されたわけでもないのに、問われたほうは身が竦む。泣く子も黙る、というのはこの場合誇張でもなんでもない。

「こんな稼ぎでは物乞いのガキにも劣るぞ。一体なにをしているんだ」

「も、申し訳ございませぬ」

「謝ってどうするんだ。謝るくらいなら、はじめからもっと稼いできたらいいんじゃないのか、え？」

「…………」

「違うか、多蔵《たぞう》？」

「い…いいえ」

多蔵と呼ばれた男は平伏したままで小さく首を振る。四十がらみの、小柄な男だ。

「ん？　聞こえないぞぉ～いまなんて言ったぁ？」

「い、いいえ！　違いませぬ！」

多蔵はたまらず声をあげる。

「あ、あっしが悪うございました。どうか、おゆるしくださいませ」

「だから、どうして謝るんだい。おかしな人だね、多蔵さんは」

主人は遂に嬲《なぶ》るような猫撫で声を出した。

奉公人——手下たちが最も恐れる主人の声音だ。

二十畳あまりの座敷に、ざっと十五、六名の奉公人——手下が控えているが、咳《しわぶき》一つもおこらない。いまこの瞬間、主人から嬲られ、責められているのは多蔵一人だが、その場にいる全員が責められているも同然であったろう。

それ故、場に漲《みなぎ》る緊張感はいまや最高潮であった。

「多蔵さんだけに言ってるわけじゃないよ」

案の定、主人の矛先は多蔵以外の手下にも向かいはじめる。

「他のみんなも、全然結果を出していないよね?」

「………」

「一体どういうつもりなんだ、お前たちッ」

つと、主人の声色と言葉つきが、あからさまな叱責口調になった。

「まともに稼げたのは、《出羽屋》の宴席くらいなもんで、あとはガキのお遊びだ。

お前ら、なにを考えてるんだよ。こんな稼ぎしかできねえなんて、情けなくて泣けてくるよ」

「ですが、旦那様……」

「ああ？」

「いえ、お、お頭《かしら》」

堪えきれずに思わず呼びかけ、怖い顔で威嚇されると慌てて呼び直す。

「なんだい？」

「言っちゃあなんですが、一人で運び出せるお宝には限りがあります」

その男は、思いきって言った。

「なにが言いたい？」

「お頭は、あっしらに技を授けて一人前にしてくださいました。そのご恩は一生忘れません。ですが……」

「なんだ？」

「どうして、一人でなきゃいけないんでしょうか？」

「ああ？」

「一人で盗み出すにはどうしても限りがあります。ですが、皆で押し入れば、金蔵の中身を根刮《ねこそ》ぎ盗み出せます」

「皆で盗みに入りたいのか?」

「そのほうが、たくさん盗めます。……それこそ、千両箱を幾つも……」

「だが、皆で盗みに入るというのも、それほど容易《たやす》いことではないぞ」

主人の声音からは、既に嬲るような揶揄の気色は消えている。

「これまでお前たちは一人で盗みに入ってきた。常に一人で行動してきたため、如何なるときでも己の命を最優先する。だが、皆で忍び入る場合には、それでは駄目だ」

「では、どうすれば?」

「皆で押し入るための身ごなしや心得を学ばねばならん」

その日から、彼らは集団による盗みの訓練を課せられた。

重い荷を持っての長距離移動なら、既にある程度こなしてきている。頭から命じられたのは、五人十人と一度に行動するときの身ごなし——専《もっぱ》ら歩き方と走り方であった。

「足音が一つになるまで繰り返し修練しろ」

主人——否、頭の言いつけは絶対だった。

彼らは頭からよいと言われるまで只管《ひたすら》修練を繰り返した。

五人だろうが十人だろうが、本当に足音が一つに聞こえるようになるまで、懸命に努めた。

「そろそろいいだろう」

頭から、遂に十人による押し込みの命が下された。

彼らは言われるまま商家に押し入り、金蔵の千両箱を盗み出した。頭に命じられるまま、次々と押し入った。

彼らの押し込みが成功する度、以前とはうって変わって頭は上機嫌であった。

頭の上機嫌は即ち彼らにとっての安穏を意味する。できればその安穏がいつまでも続いてほしいものだと彼らは願った。

「駄目ですよ」

東次郎の姿を見ると、忠蔵は忽ち険しい顔をした。

「旦那様はここへ来ちゃだめだと言ったでしょう。《唐津屋》に見つかったらどうするんです」

神田の店を見張るために伊助と卯之吉が交代で詰めている向かいの家の軒下だ。忠蔵はちょくちょく様子を見に来ているようだが、東次郎には絶対来るな、と言う。

「いいじゃないか、少しくらい」

と苦笑した東次郎は、一応頬被《ほおかむ》りをして顔を隠している。

「いよいよ奴らの荒稼ぎがはじまったようだから、どうしたかと思ってさ」

「火盗も奉行所も、躍起になって探索していますよ」

「火盗のお友だちに、なにか聞いてきたのかい？」

「そんなにしょっ中、佐々岡《ささおか》と顔合わすわけにはいきませんよ。火盗の同心が溜まってそうな飯屋とか居酒屋で、盗み聞きするんですよ」

「忠さんは目立つから、あんまり頻繁に出入りしてると、面が割れちゃうんじゃないの？」

「そんなヘマはしませんよ。ちゃんと変装してます」

（その面《つら》とご立派な体格で、一体なにに化けるっていうんだ？）

胸に湧いた疑問は口に出さず、東次郎は真っ直ぐ忠蔵の顔を見返した。

「なに考えてるんです？」

「一日も早く、源兵衛に復讐させてやろうと思ってさ」

「こればっかりは、思ったからってどうにかなるもんじゃないでしょう」

「例えば、近々《出羽屋》に奉行所の内偵が入るらしい、と噂を流せば？」

「奉行所の？」

「例の出店の件で《出羽屋》を恨んでる人間は大勢いるだろ。その中の誰かが、恐れながらと訴えたら、奉行所だって見て見ぬふりはできないだろう。何れ《出羽屋》から袖の下摑まされて目こぼしするとしても、形ばかりのお調べの手は入る筈だよ」

「どうせ形ばかりでしょう」

「いいんだよ、形ばかりでも。一度目をつけられたお店にはしばらく見張りがついたりするから、盗っ人は入りにくくなるだろ。だったら、役人が調べに来る前に入ろうと思うだろう？」

「なるほど」

東次郎を見返す忠蔵の目にも光りが宿る。

「そいつは妙案かもしれませんね」

「ただ、どうやって源兵衛に噂を信じ込ませるか。……あの疑り深い男のことだ。噂を聞けば、自ら真偽を確かめようとするかもしれない」

「内偵の噂と同時に、《出羽屋》の身代が危ないって噂も流したらどうでしょう。出店乗っ取りの阿漕《あこぎ》なからくりを《出羽屋》に吹き込んだのが《唐津屋》だとしたら、《出羽屋》の内情が思わしくないのも重々承知してる筈です。かといって、《出羽屋》

だって老舗《しにせ》の当主だ。いくら母違いの兄貴だからって、商売の内情をすべて明かすとは思えません。……《出羽屋》が遠からずつぶれると知れば、《唐津屋》は、《出羽屋》の金蔵にまだ金が積まれてるあいだにそれをいただこうと焦るかもしれません」

「なるほど」

今度は東次郎が目を光らせる番だった。

「あ、そういえば——」

忠蔵が、ふとなにかを思い出した。

「奴らの一味、火盗じゃなんて言われてると思います？」

「さあ、なんだろう？……盗っ人時代の源兵衛の通り名ってなんだったのかな？」

「《大凶》の鬼五郎一味、ですってよ」

「え？《大凶》の鬼五郎一味だって？」

東次郎は思わず鸚鵡《おうむ》返《がえ》しに問い返す。

「源兵衛の野郎が、《大凶》の鬼五郎だったのか？」

「さあ、それはどうでしょう」

忠蔵の片頬が冷たく歪んだ。

「人別帳の最後にその名が載ってた《大凶》の鬼五郎についてはなんの記述もなかっ

たとおり、誰もそいつのことは知らねえんです」

「だから？」

「だから、火盗のほうで、勝手にそういうことにした、とか。……なにしろ、これだけ活躍してる盗賊一味が、名無しの権兵衛《ごんべえ》じゃ都合が悪いでしょう」

言って、忠蔵はまた片頬を歪めた。

東次郎でさえ不気味に思うほど、ゾッとするほど凄みのある笑顔であった。

三

夜半。

既に丑《うし》の下刻も過ぎたろう。

闇はいよいよその深さを増している。この刻限ともなれば、獣すらも寝静まっている筈だ。

そんな、物音一つしない深闇の中を、規則正しく一列に並んで進む者たちがいる。

総勢十二、三名。もとより、全員闇に溶け込む黒装束だ。

彼らは迷うことなくまっしぐらに進み、やがて一軒のお店の前に到達する。

表通りに面していて間口は広く、やや古びてはいても、屋根には立派にうだつのあがった堂々たる店構え。

どこから見ても、紛れもない大店であった。

あえて店の表にまわり、指先で軽くコンコンと戸板を叩けば、待つほどもなく、心張り棒の外される音がして、スッと戸が開かれる。

音もなく開いた戸の内側には地味な顔立ちの中年の女中がいた。何年も前からお店に送り込まれていた一味の引き込み役だ。最も、闇の中であるから、女の顔立ちなどろくに見えないが。

「こちらです」

引き込みの女はなにもかも心得ていて、一味を店に招じ入れると、先に立って足早に案内する。

磨き抜かれた長い廊下を行くときも、賊どもは足音一つたてはしなかった。

足音をたてず、体の重みを全く感じさせぬ歩き方だ。

本当によく訓練されている。

引き込みの女に案内された一味はやがて、母屋と離れのあいだにある、とびきり大きな土蔵の前へと辿り着く。蔵は全部で三つあるが、女は迷わず、向かって左端の土蔵の前に立った。

あとの二つには、売れ残りの反物や家財等がしまわれており、金蔵は一つだけだった。

「間違いないな？」

との頭の問いに、女は無言で頷く。

本来白かったであろう壁の色も、重たげな扉もかなり古びているのは三代続く老舗であるが故である。

「鍵は？」

「はい」

頭に促されるや否や、女は素早く鍵を差し出す。

予め、主人の寝所から掠めておいたものだ。

腕のいい錠前破りを連れてきて解除困難な南蛮錠に挑ませるよりはこのほうが余程効率がいい。もっとも、腕のいい引き込み役をまんまとお店に潜り込ませることができれば、の話だが。

当然鍵は難無く開けられ、蠟燭《ろうそく》の灯りを手にした女のあとに続いて、一味は蔵の中へと呑まれて行く。

通常のものよりかなり大きな蔵だ。蠟燭の明かり一つでは身動きもままなるまいと思われるが、杞憂であった。

待つほどもなく、一人が一つの千両箱を担いながら、次々と蔵の外に現れる。賊の人数は全部で十三人だが、一人は頭で指示を出すだけの存在だ。実際に淀みなく働くのは十二人である。

一人一箱ずつ担ってきたものを、蔵の入り口に用意されていた荷車に、順番に積んでゆく。僅かの滞《とどこお》りもない、見事な身ごなし、見事な連携であった。

「まだあったか?」

積まれた箱にしっかりと縄がかけられるのを待つあいだ、頭が手下の一人に問う。

「はい。まだあります」

「幾つある?」

「いま運び出したのと同じくらいは」

「本当か?」

頭は意外そうな声を出し、

「はい」

手下は神妙に肯いた。

「もうあと十二箱もあるのか……さすがは老舗だな」

独りごちてから、

「それをむざむざ灰にしちまうのは勿体ねえな。……よし、こいつを一旦船まで運んでから、もう一度盗りに来よう」

頭はあっさり計画を変更した。

緻密に練り上げた計画を、欲のために変更する。その危険性に、果たして気づいていないのか。

とまれ、一味は千両箱を積んだ荷車を裏口から運び出すと、舟を用意した半町先の渡し場まで運ぶ。なにしろ千両箱が十二箱だ。荷車の車軸は軋《きし》むし、車輪はゴロゴロと重たげな音をたてて廻る。幸い、いまはその音を聞き咎める者もいない。ただ川が微《かす》かにせせらいでいるだけだ。

荷車の荷を舟に積み込んでから、一味は再び引き返してお店に戻った。

はじめに店に侵入してから、千両箱を運び出して再び戻るまで、かかったときは四半時足らず。

定廻りの同心が、万一見廻りに訪れたときの可能性も計算に入れて計画をたてたが、それでも、同じことをもう一度繰り返すほどのときはまだ充分にあるはずだ。引き込み女が家人らに盛った薬は充分朝まで――下手をすればそれ以上効いてしまうかもしれない。

「兎《と》に角《かく》急ごう」

己が突如計画を変更したことも忘れて、頭は急《せ》かした。

一味は再び来た道を戻り、今度は裏口から侵入して金蔵に到った。

手下たちは心得ていて、さっさと蔵に入っていき、千両箱を運び出す。運び出したら、再び荷車に積み、縄を掛ける。既に一度行った作業だ。それでなくとも、手馴れている。一瞬とて、滞ることはない。

「油は撒いてあるな?」

女のほうを見向きもせずに頭は問うたが、

「はい」

女も即座に肯いた。

「では、我らが去った後、予定どおり火をかけろ」

再び十二個の千両箱を積んだ荷車が完成されるのを待たずに踵《きびす》を返すと背中から言い捨て、頭はさっさと一人で歩き出した。

彼が歩き出してまもなく、背後で車軸の軋む音が聞こえはじめる。

無論手下どもは心得ていて、極力荷車の音が響かぬようにする術を知っているが、何分重さが重さだ。最前と同じく、車はゴロゴロと重い音をたててしまう。それを嫌って、頭は極力先を行き、荷車から離れて歩く。

いつの間にか車輪の音が消えて無音となり、僅かの軋みすら聞こえなくなっていることに、果たして頭は気づいていたか。

いや、おそらく気づいていまい。

それ故、頭は大満足で先頭を歩いていた。

「載せろ」

船着き場まで来ると、頭は振り向きざまに手下に命じた。

千両箱を積んだ船は、もとより最前と同じくそこにある。

だが、振り向いた瞬間、

「…………」

頭は絶句した。

誰も、いない。彼の背後には、誰もいなかった。

「え？」

振り返ると、そこにはいるはずの手下が一人もおらず、ただ空漠たる闇だけがある。

当然、千両箱を積んだ荷車も、ない。

「おい、誰か――」

闇に向かって呼びかけようとしたとき、

「駄目ですよ、頭。こんな夜中に大声を出したりしちゃ」

すぐ耳許で低く囁かれた。

「え？」

聞き覚えのある声に驚く間もなく、次の瞬間首の根に、
チクッ、
と鋭い痛みを感じる。

「畜生ッ」

咄嗟に利き手を伸ばし、そこにいる者を匕首《あいくち》の切っ尖で貫こうとしたが、できなかった。

伸ばそうとしたところで意識が朦朧とし、膝から先に頽《くずお》れた。

「く…くそ……」

膝をついて頽れたときには既に、頭の意識は途絶えている。

その体を小突いて地面に転がし、黒装束の覆面を剝ぐと、忽ち素顔が現れた。五十

がらみで、とびきりの悪相。しかも激しい苦痛に歪んでいる。

が、苦悶と無念に歪んではいても、誰であるかは一目瞭然だった。

二人とも、夜目がきく。

「ほら、やっぱり、源兵衛だ」

東次郎が勝ち誇った声を出した。

「背格好ですぐにわかったけどね」

「驚きましたね」

忠蔵は心底驚いていた。

「まさか、ご当人が頭として一味を率いてくるとは思いませんでした」

(誰だ……こいつら?)

だが、二人は知らない。

見た目は完全に昏睡しているように見えて、実はこのとき未だ僅かに源兵衛の意識が残っていたことを。

「しかし、何だってこんな危ない橋を渡ろうと思ったんですかね」

「危ない橋だという自覚がなかったんだろうよ」

「自覚なさすぎでしょう」

そんな話し声を聞きながら、やがて源兵衛は完全に意識を失った。

果たして、本来なら今頃火の手があがっている筈の方角から未だその気配がないことにも気づいていたか、否か。

仮に気づいていたとしても、最早詮無《せんな》いことではあったが。


「有能な引き込み役のおかげで、こっちも労せず待ち伏せできる」

揶揄するわけではなく、褒め言葉のつもりで東次郎は言ったのだが、言われた相手はそうは思うまい。

《出羽屋》の女中が着る朽葉《くちば》色のお仕着せは、身につける者すべてを地味な中年女に見せてくれるから不思議であった。どうせ女装するならもっと若い娘の扮装がしてみたかった卯之吉は当然不満顔だ。

それを見て、東次郎は思わずクスッと笑ったが、卯之吉にはそれも面白くない。

「なにが可笑しいんです、旦那様」

「だって、可愛《かわい》い卯之さんが、不器量にみえるからさ」

「もう、勘弁してくださいよ、旦那様」

「そう言いなさんな。その役、本当は私がやりたかったんだぜ」

好んで女形をやりたがる東次郎には、卯之吉の不機嫌の理由がわからない。

「だったら、旦那様がやればいいじゃないですか」

「旦那様は駄目ですよ、面が割れてるんだから。それに、伊賀者の変身術を身につけた卯之吉のほうが適役です。旦那様は妙な科《しな》をつくったりして、ボロを出すのがおちだ」

「誰が、科をつくるって！　源兵衛相手に、そんな真似するわけないだろ」

「まあ、本人が来るとは思えませんけどね」

「いや、来ると思うよ。《唐津屋》が、長年盗っ人を抱えてきた本当の目的は、《出羽屋》に対する復讐だ。当然自分でやりたいと思うさ」

「はいはい、旦那様のごもっともな御説は聞き飽きましたよ」

「じゃあ、賭けるかい？　源兵衛本人が来るか来ないか」

「私は旦那様と同じ、来るほうに賭けます」

卯之吉がすかさず口を挟むと、

「お前までなんだ、卯之」

忠蔵は軽く窘《たしな》めてから、

「無駄口はもうそのへんにして、さっさと持ち場についてください。そろそろ刻限だ」

「はい」

「承知」

引き込み役に扮した卯之吉は店の表口へ。東次郎と忠蔵は店の中の適当な場所へ。伊助は既に、路上彼らを遠巻きに尾行けている筈だ。忠蔵とともにお店を訪れる度、どの女中が引き込み役かは目星をつけておいた。伊賀者の勘か天性の才か、卯之吉には隠し事をしている女が、一目でわかる。そろそろ押し込み当日も近い筈と思い見張っていたら、ちょうど、水甕に薬を入れるところを目撃した。女を眠らせ、入れ替わった。

ほどなく、一味が店に到着した。

戸板を叩く合図があり、女中に扮した卯之吉はそっと戸を開けて一味を中へと招き入れる。

「こちらへ」

蠟燭の火で足下を照らすようにして先に立つ。どうせ人相の識別などできぬ暗闇ではあるが、なるべく顔は見せぬほうがいい。

《出羽屋》へは、忠蔵のお供で何度か訪れているため、目を瞑《つむ》っていても案内できる。

表口から金蔵まで数十歩を、十三人が行儀よく一列に並んで行くのは、前の者が踏んだと同じ場所を踏み、それ以上足跡が増えぬようにするためだろう。

途中、列の最後尾の者が柱の影に潜んでいた東次郎と忠蔵に眠らされたことに、無論誰も気づかない。そいつの体を音もなく退けて、代わりに忠蔵が最後尾に入った。東次郎は更にその背後に。

頭数が一人増えてしまうことになるが、最早勘定する者もいないのでかまうまい。

やがて土蔵の前に到ると、卯之吉は蔵の鍵を頭に渡した。

折角の南蛮錠である。どんなに意外な場所に隠してあるのか、卯之吉は密かに楽しみにしていたのだが、なんということはない。隠し場所は、寝所の主人の枕の中という、実に凡庸な場所であり、卯之吉が冗談半分に探ったら一度で突き止めてしまった。

頭は、勿論顔を被《おお》っているから表情はわからぬが、なにやらはしゃいでいるらしい様子は伝わってきた。卯之吉には盗っ人から盗んだ経験しかないのでわからぬが、盗っ人にとって最も喜ばしいのは、金蔵の鍵が開くその瞬間なのかもしれない。

だが、頭はさあらぬていで鍵を開けると、手下どもを入らせる。

手下どもは皆、躊躇《ためら》うことなく入って行く。手下に扮した忠蔵も入り、東次郎のみ、物陰に身を潜めた。

「足下、お気をつけて」

卯之吉は賊どもの足下を明かりで照らす。土蔵の中に入るのはさすがにはじめてで勝手が違う。それ故、なにかあったらすぐ逃げられるよう入口近くに立ち、賊どもの様子を眺めていた。

(さすがに本職の盗っ人は手際がいいなぁ)

密かに感心しながら盗み見る。

千両箱の重さなら、卯之吉とてよく知っている。忠蔵や伊助なら楽々と持ち運べるが、力仕事が苦手な東次郎と卯之吉には骨の折れる仕事だ。できれば避けたい。

その千両箱を、一人が一つずつ軽々と持ち上げて肩に担うと、重さなどものともせず元気に蔵の外へと運び出す。積み上げられた箱が、見る間に半数になった。十二人の賊が、それぞれ一つずつ担って運び出したのだ。

男たちが全員蔵の外に出るのを待って、卯之吉も外へ出た。

外へ出ると、頭が手下の一人になにか問うている。問われている相手がなんと忠蔵である。頭も他の手下も全く気づいていないようだが、卯之吉には一目でわかった。

(さすがは番頭さんだ。全然動じてないや)

内心舌を巻きつつ、卯之吉は黙々と頭について歩いた。

頭は蔵の中の千両箱の残りが惜しくなり、一度船着き場まで運んで、もう一度取りに戻ろうと決めたようだ。

（完璧な筈の計画も、欲に目が眩んで狂いだす、って旦那様の言ったとおりだ）

思ううちにも、再び蔵の前に立っている。二度目は、一度目のときよりも更に手際よく事が運んだ。

「我らが去った後、予定どおり火をかけろ」

既に盗みの成功を確信しているのか、頭は千両箱の中を確かめもせず、さっさと歩き出してしまった。勿論、二度目に運んだ千両箱は東次郎と忠蔵が用意した石ころ入りの千両箱だ。《出羽屋》の金蔵には、きっちり十二個の千両箱しかなかった。

（見納めになるんだから、ちゃんと確かめておけばいいのに）

嘲弄まじりに心にもないことを思いながら、卯之吉は頭の背を見送った。

もとより、家の中に油など撒いていないし、火をかけるつもりもない。頭を欺くため、店の門口と土蔵の側《そば》に多量の油をこぼしてから拭き取って、油のにおいだけを漂わせておいたのだ。

（さて、仕上げの見物といくか）

女の着物を脱ぎ捨てて黒装束となり、しばしときを待ってから、卯之吉は裏口から出た。勿論、立ち去る一味のあとを、一定の間をあけてついて行くためだ。

すると、一行の最後尾にいた東次郎が、気配を察してチラッと振り向く。呆れたことに、緊張感の全くない、どこか浮かれた表情だ。

卯之吉がついてきていることを確認すると、足を速めて前の者——一味の最後尾に追いつく。

一味の最後尾は、例によって忠蔵である。いつの間に来たのか、伊助も彼らのすぐ側にいた。東次郎は、なにか数語忠蔵の耳許《みみもと》に囁くと、ツツッと進み出て前の奴の盆の窪へ、プスッと鍼《はり》を突き立てる。当然次の瞬間動けなくなるそいつをすかさず忠蔵が抱えると、音もなく、道端に転がす。東次郎の鍼は瞬時に賊の意識を奪うが、同時に忠蔵が薬を嗅がせ、眠りをより深いものとする。

(さすが、呼吸《いき》がピッタリだ)

一部始終を見物している卯之吉は、その連携の見事さに、思わず噴き出しそうになる。

一人を片づけると、東次郎はそのまま進んでその前の奴の盆の窪を鍼で刺す、と同時に忠蔵がそいつを抱えて道端へ転がす。

そのまた前の一人を東次郎が鍼で刺し、忠蔵が抱えて道端へと転がす——。

一連の作業は、淀みもなく十一回続けられた。

十人目と十一人目をやるときには伊助も手伝った。忠蔵が彼らを転がすと同時に彼らが押していた荷車の始末を引き継いだのだ。

当然卯之吉も心得ていて素早く駆け寄り、伊助とともに荷車を押さえた。

頭は、気が急くのか荷車の音が気になるのか、途中から早足になり、かなり先を行っている。

彼の目前には小さな船着き場が見えている。最前よりもはっきり見える気がするのは、闇に目が慣れたというより、雲が薄れて空が明るくなりつつあるためだ。

頭は一途《いちず》に足を速めて行く。あれほど耳障りな荷車の音がいつしか聞こえなくなっていることにすら、気づいていないようだった。

それほど、彼の意識は前方の船着き場にのみ向けられている。

(すべて旦那様の仰有《おつしや》ったとおりだ)

卯之吉の目はその一部始終をしっかり捉えて見逃さない。

「載せろ」

下知するために振り向いたその瞬間まで、頭は異変に気づいていなかった。

だが気づいたからといって、最早彼に為す術はない。振り向いた頭の背後には、東次郎がおり、その手には鉞があった。

気を失う寸前、頭は僅かに抗おうとしたようだが、虚しい抵抗だった。

頭の正体が源兵衛だとわかり、東次郎は束の間陽気にはしゃいだが、それにのっかり、

「賭けは私たちの勝ちですね」

とダメ押しする気にはなれず、卯之吉は黙って見守っていた。

場違いにも思える東次郎の陽気さが見せかけだということは、卯之吉にもそろそろわかりはじめている。

東次郎の無意味なお喋りや愚にもつかない冗談も、すべて彼の本心の裏返しだ。どうにもならない怒りや悲しみで心が覆われてしまったとき、東次郎はわざと真逆の態度をとる。怒りたいときには笑い、悲しくてならぬときは悪ふざけをするのだ。

それがわかるほどの短くもない歳月を、卯之吉は東次郎の側で過ごしてきた。

「さて、こいつをどうするか」

忠蔵が呟くのと、近くで呼子《よぶこ》が鳴り響くのとが、殆ど同時であった。

「あ～あ、見つかっちゃったね」

はじめから、定廻りの見廻りの時刻を知り抜いた上で一味を足止めしたくせに、わ

ざとらしく東次郎が言う。

「店じゅう調べて、応援を呼んで、家人が目を覚ますのを待ってたら夜が明ける。ここまで調べの手がまわるのは夜が明けてからだね」

「そのために、一味の奴らを道標《みちしるべ》代わりにおいてきましたからね。無事、ここまで辿り着きますよ」

「その前に目を覚ましたりしないだろうね？」

「大丈夫ですよ。今回はいつもの倍の量を処方しましたからね」

「と言って、全然目が覚めないのも困りもんだけど……って、こいつだけは覚めなくていいけどね」

「だったらはじめからこいつだけ毒食らわしてやればよかったのに」

「だって、源兵衛かどうか、忠さん疑ってたでしょ」

「…………」

指摘されて、忠蔵は東の間口を噤むが、

「まあ、いいや。一箱だけいただいて、ずらかるよ」

東次郎はかまわず伊助と卯之吉に向かって言う。

「はいッ」

伊助と卯之吉はそろって返事をし、船に積まれた千両箱の山から一つ持ち上げて荷車に移すと、何故か楽しげな足どりで帰途につく。

「若いやつらは元気でいいなぁ」

「旦那様だって、まだ充分お若いでしょう」

「忠さんとたいして変わらないよ」

若者たちの背を見送りながら、東次郎と忠蔵は言い合い、ゆっくりと歩を踏み出した。

「けど、本当にこれでよかったんですか?」

「どういう意味だい?」

「旦那様は、仇討《あだう》ちがしたかったんじゃないんですか? これじゃあ、いつもの《唐狐》の仕事だ」

「私たちは《唐狐》だよ」

忠蔵の顔を真っ直ぐ見返して東次郎は言った。

「忠さんの言うとおりだよ。私怨をはらすのは《唐狐》の本分じゃない」

「旦那様――」

「私たちは《唐狐》だ。そう決めたんだ。今更後戻りはできないだろ」

「ですが……」

「なんだい。仇討ちしたかったのは忠さんのほうじゃないのかい」

「源兵衛から、なにも聞き出せないままになっちまいましたよ」

「しょうがないだろ。『夜光玉』はまだまだ咲きそうにないし、絶対口を割らせる伊賀の秘薬とやらも当分完成しそうにないんだからさ」

「秘薬がなくても、奴を何処かに閉じ込めて、嚇《おど》しすかすなりして……」

「いやだよ、嚇しすかすなんて……あんな奴とずっと一緒にいなきゃならないってことだろ。うんざりだよ」

「けど、旦那様――」

「ああ、もう、やめてくれよ。そんなに奴から話が聞きたけりゃあ、忠さんが一人で聞いておくれ」

言うなり東次郎は足を速め、伊助たちのほうへと走り寄る。

「年寄りはしつこくていやだよ。ねえ、お前さんたちもそう思うだろ?」

「旦那様……」

「私たちを巻き込まないでください」

卯之吉は戸惑ったが、伊助はピシャリと言い放ち、見向きもせずに車を押す。

「冷たいなぁ、伊助は」

東次郎が執拗にからんでも無反応なのはいつもどおりだ。

「あ〜あ、年寄りはしつこくて若い子は冷たい……世は無情だ」

嘆きつつも、東次郎は矢張り楽しげであった。それが、見せかけなのか本心なのか、卯之吉にはわかりかねたが、それでも東次郎を見ると我知らず笑みがこぼれる。それ故いつまでも見ていたいと卯之吉は願った。

※

《出羽屋》を襲ったかどで捕らえられた《唐津屋》源兵衛とその一味は、凶賊《大凶》の鬼五郎一味として処刑された。

神田の店が盗っ人の巣窟であることを火盗にたれこんだ者があり、調べると余罪の証拠が次々と見つかったらしい。

些か意外だったのは、《出羽屋》庄右衛門が終始沈黙を貫いたことだ。

少しでも源兵衛の罪を軽くするため口添えしたり、獄吏に賄賂をやって扱いをよくしてもらうなどは先ずないとしても、殊更騒ぎたて、異母兄の極悪ぶりを吹聴することもできたし、盗賊とは無関係であることを世に知らしめるためにも、是非ともそうするべきだった。

が、庄右衛門は何故かそうしなかった。

その夜店を襲い、金を奪おうとしたのは、《出羽屋》とは全く縁もゆかりもない赤の他人の盗賊であるという姿勢をとり続けた。情けもかけなければ怒りもしない。

「一体どういうつもりなんでしょうね」

「ん？」

「庄右衛門ですよ。源兵衛が母親違いの兄だってことは、知る人ぞ知る事実でしょうに。よくも口を拭って知らぬ顔を決め込めたもんだ」

「そうは言っても、しょうがないだろ。金を盗もうとした極悪人を庇うわけにもいかないし、かと言って、奴を責め立てたからって、てめえの株が上がるわけではないんだから、黙ってるのが、利口ってもんさ」

「そういや、《唐津屋》の女房と子供、行方しれずだそうですね」

「これだけ世間を騒がせた凶賊の家族が江戸にいられるわけもないだろ。どこか田舎に身を隠してるさ」

「かわいそうに」

「案外、《出羽屋》がかくまってたりして」

「まさか」

「わからんよ。先代にとってはかわいい孫だ」

「旦那様も存外冷静ですね」

「どうして？」

「もっと、庄右衛門の悪口を言うもんだと思ってましたよ」

「なんで私が庄右衛門の悪口を言わなきゃならないんだい」

「だって、嫌いでしょ」

「嫌いだからって、悪口なんか言わないよ。大人げない」

東次郎の反応は、忠蔵にとって甚だ不満ではあったが、それ以上その件を蒸し返すことはさすがに控えた。

ただ、《大凶》の鬼五郎が刑死した日の朝、

「本当に、あいつが《大凶》の鬼五郎だったのかな？」

遠慮がちな問いを発したのは東次郎のほうである。

「それだけは、奴に聞いてみたかったな」

「もう聞けませんよ」

「わかってるよ」

「もし違ったとしたら、そのうち現れるんじゃないですか」

相変わらず、暇さえあれば人別帳の最後の頁とにらめっこするばかりな東次郎に、冷めた声音で忠蔵は言った。

「もし違ったら、今度は本物の《大凶》一味を、《唐狐》が食らうだけですよ」

日頃慎重な忠蔵らしからぬ言葉を、意外そうな顔で東次郎は聞いていた。すぐには言い返す言葉が見つからなかった。

時代小説

二見時代小説文庫

盗《ぬす》っ人問屋《とどんや》　盗《ぬす》っ人《と》から盗《ぬす》む盗《ぬす》っ人《と》2

二〇二五年　四　月二十五日　初版発行

著者　藤《ふじ》　水名子《みなこ》

発行所　株式会社　二見書房
〒一〇一-八四〇五
東京都千代田区神田三崎町二-一八-一一
電話　〇三-三五一五-二三一一［営業］
〇三-三五一五-二三一三［編集］
振替　〇〇一七〇-四-二六三九

印刷　株式会社　堀内印刷所
製本　株式会社　村上製本所

ISBN978−4−576−25026−7
https://www.futami.co.jp

藤 水名子

盗っ人から盗む盗っ人

シリーズ

以下続刊

①《唐狐《からぎつね》》参上！
②盗っ人問屋

見事な連携で金箱を積んだ荷車を引く黒装束の男たちが、不意にバタバタと倒れ込んだ。一瞬後、同じ黒装束に夜市で売られる狐の面をつけた四人の男たちが現れ、引き手のいない荷車を誘導しつつ闇に消えていった。《唐狐《からぎつね》》の仕業だった。盗賊に両親と奉公人を皆殺しにされ、生き残った廻船問屋の一人息子と手代が、小間物屋を表稼業に、新手の盗っ人稼業に手を染めたのだ。